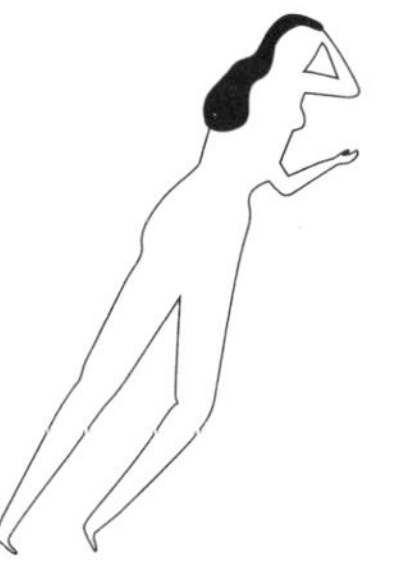

Jack
Kerouac

TRISTESSA

特丽丝苔莎

杰克·凯鲁亚克 著
陈广兴 译

上海译文出版社

第一部分

战栗与贞洁

我与特丽丝苔莎坐在出租车里，酩酊大醉，提包里还装着华雷斯城出产的波本威士忌，拎着这种铁路提包穿行在一九五二年的火车上，往往会遭到人们的指责——现在我就在墨西哥城，星期六的晚上，天空下着雨，到处弥漫着神秘的气氛，古老的梦幻小街全然不知道名字，在这条小街上，我穿过脸色阴郁的印第安流浪人群，他们披着可叹的围巾，几乎能让你失声痛哭，你觉得你看到他们衣服褶子下闪烁着刀光——悲惨的梦境啊，其悲惨程度不亚于旧铁路之夜，当时我父亲就坐在夜班车的吸烟车厢里，大腿粗壮，车外司闸员提着闪烁着红白色光的灯，他就这样在愁云惨雾笼罩下的生活道路上蹒跚前行——现在，我登上了墨西哥这个懒散的高原，几天前在锡特拉波尔的月光下，我跌跌撞撞地行走在睡意蒙眬的屋顶，一路摸索，走向古老的滴水的石头厕所——特丽丝苔莎个头高挑，漂亮如昔，兴高采烈，准备回家躺在床上，享受吗啡。

昨夜，在一个安静的村落，下着雨，我和她摸着漆黑的夜色在午夜的小店吃着面包喝着汤饮着特拉华潘趣酒，当时我刚刚结束与他人的会面，满脑子都是把特丽丝苔莎拥在床上的景象，这个阿兹特克印第安女孩，双颊风韵独特，眼睛颇似美国爵士乐歌手比莉·哈乐黛，颇具神秘韵味，说话语调极其忧郁，宛如露易丝·蕾娜般忧伤的维也纳女演员，足以使一九一〇年的所有乌克兰人潸然泪下。

她颧骨上的皮肤呈现出梨子形状的漂亮纹路，长长的忧伤的眼睑、圣母马利亚般与世无争的表情、偏粉红的咖啡色皮肤，眼睛里蕴含着令人目瞪口呆的神秘感，彻头彻尾的毫无表情，好像不屑一顾，又好像充满痛苦、懊悔、悲痛。“我冰(病)了，”她总是对着我和布尔低声说——我当时正在墨西哥城，头发凌乱神志恍惚地坐在出租车里，在雨中拥堵的街道上驶过墨西哥电影院，我就着瓶子大口喝酒，特丽丝苔莎滔滔不绝地试图讲述前一晚上的事：当我把她放进出租车里后，司机试图搞她，她用拳头打了司机，目前车上的这个司机一声不吭地收听了这则新闻——我们正在赶往特丽丝苔莎的房子，去坐下，过一把瘾——特丽丝苔莎警告过我，房子会乌烟瘴气，因为她姐姐喝醉生病了，而且埃尔·印第奥也会在那儿，顾盼自雄地站着，吗啡针管朝下插在粗壮的褐色胳膊上时，炯炯有神的眼睛直勾勾地盯着你，或者在等待针管的刺戳带来急需的火焰，然后说“啊哦……阿兹特克针头在我着火的肉里”，整个人看起来就像那只在库里奥的大猫，上次我来墨西哥观赏其他景象的时候，这只大猫就出现在我的面前——我的威士忌酒瓶有着怪异的墨西哥软瓶盖，我一直在担心它会滑落，把我的整个包淹在标准八十六度波本威士忌里。

周六雨夜如同香港那里的疯狂街道上，我们的出租车缓慢地穿过市场，然后我们出现在妓女街区，在散发着果香的水果摊和安有固定木凳的玉米面饼和夹肉饼小摊后面下了车——这是贫穷的罗马区。

车费是三比索三十三分，我给他十比索，问司机要找头，他一声不吭地找给我，我在想特丽丝苔莎会不会认为我像一个体格庞大的墨西哥的醉汉一样过于炫耀——但没时间思考了，我们快速穿过溜滑的人行道，霓虹灯闪闪发光，映照在路面上，路边的小贩们在毛巾上放着胡桃，借着烛光兜售——她租住的是平房，我们从房子旁臭烘烘的巷子里飞速地拐进去——穿过滴水的龙头、水桶、淋着雨的男孩和鸭子，来到她的铁门前，墙用土砖砌成，房门没锁，我们进到厨房，雨仍从充当厨房屋顶的树叶和木板上滴落下来——雨滴溅入厨房，落在潮湿角落的一堆垃圾上——在那里，奇迹般地，当时，我看见那只粉红色猫在一堆秋葵和鸡食上撒尿——里面的卧室彻底乱成一锅粥，就像被几个疯子洗劫过一般，到处都是碎报纸，小鸡在啄食地板上的米粒和三明治屑——床上躺着特丽丝苔莎的生病的“姐姐”，裹在粉红的被单里——其悲剧气氛堪比艾迪被枪杀的俄罗斯街的雨夜。

特丽丝苔莎坐在床沿，调整她的尼龙长袜，她笨手笨脚地把它们从鞋里面拉起来，大脸上充满沮丧，噘着嘴，审视着自己手中的动作，我看着她在盯着自己鞋子的时候，有点痉挛地把脚向内扭转。

她可真漂亮，我在想当看见她在炎炎烈日下走在运河街时，我在纽约和远在旧金山的所有哥们会怎么说，她戴着墨镜，步履慵懒，不停地想把宽大的罩衣裹在薄外套上，就好像罩衣就应该裹在外套上一样，总是痉挛似的拉扯着它，在大街上瞎逛，说："出租车来了——嘿，你——好了就到这儿——我会把墙还给你。"钱是墙。她说钱的时候感觉就像我的老婶娘，她在劳伦斯，是个法国裔加拿大人。"我要的，不是你的墙，是你的挨"——爱是挨。"这是你的愿则。"原则是愿则。对特丽丝苔莎来说没什么分别，她总是高度兴奋，然后身体不适，每个月都要注射十克吗啡，摇摇晃晃地走在城市的街道上，靓丽异常，回头率奇高无比——她的眼睛清澈明亮、灼灼闪光，她的脸颊被水雾打得湿漉漉的，她的印第安头发乌黑油亮，梳成两条辫子，像翻过的草皮似的扎在脑后(这是印第安天主教徒的正确发型)——她不停地盯着鞋子看，鞋子是崭新的，她并不瘦，但她的尼龙长袜总是往下掉，她不停地把袜子拉起来，痉挛似的扭动着双脚——你可以想象她在纽约将是一个多么漂亮的女孩，穿着迪奥"新风貌"系列绚丽宽大的裙子、平胸粉色羊绒衫，她的嘴唇同衣服一样漂亮，而且更加风情万种。而眼下，她只能穿着穷困的印第安女性的那种灰暗的服饰——你在一些神秘莫测的黑暗门口中经常能够见到这些印第安女性，看起来就像墙壁上的黑洞，而不是女人——她们的衣服——你再次定睛一看，就看到勇敢的、高贵的墨西哥女士、母亲、女人、圣母马利亚。特丽丝苔莎卧室的角落里有一幅巨大的圣像。

圣像面朝房间，背靠厨房的墙壁，如果你面朝凄凄惨惨的厨房，圣像就在你右手边的角落里，而厨房屋顶的树枝和木板上以一种难以描摹的方式滴着细雨，该屋顶完全是被轰炸得千疮百孔的避难所的屋顶——像上是圣母马利亚，她眼睛凝视着前方，戴着蓝色面纱、身穿袍子和圣母衣饰，埃尔·印第奥每次出去寻找毒品前，总会虔诚地朝圣像祈祷。埃尔·印第奥是古董商，据说是——我从未在圣胡安-利特兰见他兜售十字架，我从未在大街上、在雷东达斯、在任何地方见过埃尔·印第奥——这位圣母马利亚有一支蜡烛，是在玻璃容器中装满了蜡的经济型蜡烛，可以连续燃烧几周时间，就像西藏转经轮一样，这是来自我们阿弥陀佛永不枯竭的福音——我微笑地看着这幅漂亮的圣像。

圣母像周围是死者的照片——当特丽丝苔莎要说“死者”的时候，她会双掌合十，虔诚无比，表达他们阿兹特克人对死亡的神圣性的信奉不移，通过同样的符号，还表达了她对宇宙本质的神圣性的信仰——所以她保存着去世的戴夫的照片，戴夫是我多年前的老友，在五十五岁的时候因高血压去世——他模糊不清的带有希腊和印第安特征的面孔从难以辨别的灰白照片上朝外观看。在一片雪景中我难以看清他。他肯定进了天堂，双手合拢成V字形状，摆脱轮回，羽化成仙。这就是为什么特丽丝苔莎总要双手合十进行祈祷，同时还说，“我爱戴夫”，她曾经爱她以前的导师——他是一个爱上了年轻女孩的老头。十六岁的时候她是一个瘾君子。他把她从大街上带走，而他自己也是一个瘾君子，他加倍努力，最终与一些有钱的瘾君子扯上关系，教她如何生活——他们一年一度一起长途步行前往沙尔马，并匍匐着爬上山峰，到达堆满拐杖的圣地，这些拐杖是治愈了疾病的朝圣者留下的，雾气中铺着上千张草席，他们裹着毯子和雨衣睡在上面——他们回来时，满怀虔诚、饥肠辘辘、神采奕奕，在圣母像前点燃新的蜡烛，然后重新走上大街寻找吗啡——只有老天才知道他们是从哪里搞到的。

我坐在那儿，对这位恋人们的庄严高贵的母亲崇拜无比。

屋顶上的黑洞，其凄凉恐怖非语言所能描述，夜晚城市的褐色光环消失在砖坯屋顶绿色的枝叶之间——茫茫大雨遮蔽了阿克托潘北部一望无际的绿色谷底平原——漂亮的女孩子们快速地跨过积满雨水的水沟——狗朝着飞驰的汽车吠叫——雨水怪异地流入厨房低洼的石头地板，铁门闪着光，又湿又亮——狗在床上痛苦地嚎叫。这是只矮小的母吉娃娃，身长十二英寸，纤细小巧的脚上长着黑色的指头和指甲，这样一只“小巧”和娇嫩的狗，你只要轻轻一碰，它就会痛苦地尖叫——“哇……呜”，你唯一能够做的就是朝它轻轻地打个响指，然后让它用冰凉而小巧的湿漉漉的鼻子(同公牛的鼻子一样黝黑)蹭着你的指甲和拇指嗅来嗅去。真是可爱的小狗——特丽丝苔莎说它欲火烧身了，这就是它为什么叫——公鸡在床底下尖声高叫。

公鸡一直在床垫的弹簧下一边沉思、朝它周围安静的黑暗中四处张望，一边凝听头顶上高贵的人类发出的声音，“咕咕嘎?”它尖叫，它嚎叫，它打断了七八段同时发生在头顶上的谈话，这些谈话声就像撕碎纸张时发出的声音一般肆虐——母鸡在咕咕叫。

母鸡在外边，在我们的脚之间穿来穿去，轻轻地啄着地板——它很喜欢人。它想走近我，无限接近地摩擦我的裤腿，但我没有鼓励它这样做，事实上还没有注意到它，这一切都好像在咆哮的加拿大新斯科舍省，海浪即将席卷整个城镇以及在广袤的北部长满松树的周边农村，一个荒凉的谷仓的主人所做的梦，他体格庞大，内心疯狂——这个梦包括特丽丝苔莎、躺在床上的克鲁丝、埃尔·印第奥、公鸡、壁炉顶上的鸽子(除了偶尔扇动一下翅膀，从不发出任何声音)、猫、母鸡和声嘶力竭嚎叫不已的全身黝黑的西班牙母吉娃娃。

埃尔·印第奥的针管彻底装满了，他使劲插入针头，针头太钝了，无法穿透皮肤，他使了把劲，终于扎了进去，他不但没有痛苦地呲牙咧嘴，反而满心欢喜地张开嘴巴等待着，把东西注射进去，渗入身体，然后站起来。“你能不能帮我一个忙，加祖库斯先生，”老布尔·盖恩斯打断了我的思绪，“陪我去特丽丝苔莎那儿——我手头有点紧——”但我迫切地想立刻在墨西哥城的视野中消失，在雨中穿过水坑，踢踏着雨水一路走去，没有诅咒，没有兴趣，只想尽快回家，死在床上。

这是一本极其胡说八道的书，关于这个诅咒的世界的梦，充满了诉讼、欺骗和合约文件。还有行贿受贿，抢孩子们的糖果，抢孩子们的糖果。“吗啡是为了止痛，”我一直在想，“其他的就是其他的。一切就是这样，我就是我，赞美如来佛、善逝、佛陀，大智大慧、慈悲为怀，赞美那些已经得道的人，那些正在得道的人，那些将要得道的人。”

这是我拿一瓶威士忌喝、冲破黑色帷幕的原因——同时夜色下城市里的一个喜剧演员——心情郁闷、乏味无聊、了无趣味、酗酒、行礼、睡觉，“我到底要去哪里，”——我把椅子拉到床脚边的角落里，这样我就可以坐在小猫咪和圣母马利亚中间。小猫咪，用西班牙语说就是 la gata，这位小巧的黑夜的如来佛①，颜色是偏金黄的粉色，三周大，有着极其可爱的粉红的鼻子、极其可爱的脸、绿色的眼睛、金黄色的老虎钳一样的嘴巴和胡须——我轻轻地用手指抚摸它小小的头，它立刻发出咕噜咕噜的声音，这台小巧的能够咕噜咕噜的机器运作了一会儿，然后满心欢喜地朝房间里四处张望，观察我们所做的一切。“她有着高深的思

① 如来佛的英文为 Tathagata，与猫的西班牙语(gata)末尾相似，所以作者这样说。

想，”我这样想。特丽丝苔莎喜欢鸡蛋，不然她不会让一只公鸡待在这个女性的空间里？我怎么可能知道鸡蛋是怎么形成的。我的右边是供奉的蜡烛的火焰，在砖墙前晃动。

墨西哥城比我梦中想的要糟糕成千上万倍，我在这里一个个空荡荡的白色公寓里心情糟糕地数着日子，头发花白，孑然一身，宾馆大理石的台阶让我心惊胆战——这是墨西哥城的雨夜，我正身处墨西哥小偷街的中心区域，埃尔·印第奥是一个闻名遐迩的小偷，甚至特丽丝苔莎也是一个扒手，而我别无选择，只能把手伸到身后，按住牛仔裤口袋里鼓起的折叠钱包——衬衣口袋里有旅行支票，但在某种意义上来说旅行支票是偷不走的——就在那边的小街上，一帮墨西哥混混拦住了我，搜遍了我的背包，拿走了一切他们想要的东西，然后带我一起去喝了一杯——这绝对是这个地球上无法想象的郁闷的事情，我明白，是人的内心发明了这种种难以解释的表象，竖起一面恐惧的墙壁，阻碍了明心见性，从而无法认识到根本没有墙壁，根本没有恐惧，只有有着亘古永恒的确凿而空无的本质的超验、空无、美妙的牛奶杯灯。我知道没事儿，但我需要证据，佛陀和圣母马利亚时刻提醒我，这个粗俗而愚蠢的世界上的信仰的庄严誓言，我们在无尽的烦恼中挥霍着我们所谓的生命，都是众多坟墓的芝加哥的臭皮囊——就在此刻，我的亲生父亲和亲生哥哥并肩躺在北方的泥土中，人们认为我应该比他们都要明智——聪明又怎样，早死而已。我抬起头，看着其他人在闲聊，他们看着我在角落的椅子里陷入了沉思，他们继续讨论他们自己无穷无尽的漫无边际的烦恼(百分之百都是思想上的烦恼)——他们喋喋不休地用西班牙语说话，我只能零星地听懂他们激情四射的谈话——特丽丝苔莎每隔一句话就会说“妈的”，活脱脱一个满口脏话的水兵，——她说这句话的时候语带不屑、咬牙切齿，让我担心，“你真的就像你自以为的那样了解女人吗?”——公鸡丝毫不为所动，发出一声鸣叫。

我从包里拿出威士忌，也拿出加拿大苏打水，把两瓶都打开，在杯子里为自己调制了一杯鸡尾酒——为克鲁丝也调制了一杯，她刚刚从床上跳起来，到厨房地板上去呕吐，现在回来，想再喝一杯，她在一个女性酒馆待了整整一天，这个酒馆旁边是巴拿马街的妓女区和肮脏的雷恩街，雷恩街的水沟里躺着死狗，人行道上满是不戴帽子的乞丐，用绝望的眼神盯着你看——克鲁丝是一个矮个子的印第安妇女，没有下巴，眼睛炯炯有神，穿着高跟浅口鞋，没穿袜子，裙子破旧不堪，这是一群多么狂野的人啊，要是放在美国，警察肯定会盯着他们，目送他们满腔委屈、争论不休、步履蹒跚地穿过人行道，就像贫困的幽灵一样——克鲁丝喝了一杯鸡尾酒，然后把它也吐了。没有人注意到，埃尔·印第奥一只手拿着针管，另一只手拿着一小片纸，僵着脖子、面红耳赤、面目狰狞地同高声尖叫的特丽丝苔莎在争论，特丽丝苔莎明亮的眼睛在闪烁，要一决雌雄——老女士克鲁丝在一片混乱中呻吟着，回到床上把自己包裹了起来，这是唯一的一张床，在毯子下面，是她油腻腻的扎着绷带的脸，黑色的小狗蜷着身子卧在她身边，猫也在，她在悲叹什么事情，犯着宿醉后的恶心，埃尔·印第奥不停地缠着特丽丝苔莎要更多的吗啡——我一口喝干了酒。

隔壁的妈妈把幼小的女儿弄哭了，我们可以听见她在祈祷，发出轻微的哀伤的抱怨，足以让一个父亲心碎，或许事实的确如此，——卡车驶过，公交车狂号着，里面挤满了人，驶向塔库亚巴、拉斯特罗和城市的环形街道——街上到处是脏兮兮的水坑，我准备凌晨两点钟步行回家，踩过街上的水塘，污水四溅而毫不在乎，沿着孤零零的篱笆，看着湿漉漉的雨在街灯里闪烁着凄凉的光芒——我生命中最深重的恐惧，毗黎耶脖子僵硬肌肉紧张，一个人必须咬紧牙关，才能一路穿越这雨夜孤寂的道路而不带丝毫会有温暖的床的希望——想到这个我的头耷拉着不堪疲惫。特丽丝苔莎说："杰克怎么了？"她总是问："你为什么这么不开心？——'我的悲苦之路'？"[1] 好像在说"你装满了痛苦"，因为痛苦的意思就是 dolor（痛苦）——"我不开心是因为 all la vida es dolorosa（人生皆苦），"我坚持这样回答她，试图让她明白佛教四谛的第一谛[2]，再说，还有什么比这个更加正确？她用疲

① Dolorosa，耶稣基督殉道前背负着十字架走过的道路，称为悲苦之路。

② 佛教四谛包括苦谛、集谛、灭谛和道谛。

乏无神的紫色眼睛看我一眼，点点头，似乎有报复的意味，“啊——哈，”印第安人表示明白我的意思的方式，对一件事情点点头就算过去了，让我开始怀疑她的鼻梁，那里看起来很邪恶而且阴谋重重，我觉得她是一个美女销售员，在地狱底层，地藏菩萨从没想过要拯救她。她看起来就像哈克贝里·芬的罪恶的印第安人乔①，阴谋策划我的灭亡——埃尔·印第奥站着，用他那双充满忧伤的黑蓝色眼睛看着，脸的侧面显得坚毅、锐利、清晰，悲观地听我说人生皆苦，点点头，表示同意，没有对我或任何人就此发表任何评价。

特丽丝苔莎俯身看着煮吗啡的勺子，底下用火柴锅炉加热。她显得笨手笨脚，身体单薄，你可以从后面看见她消瘦的小腿，从和服一样的疯狂的裙子下露出来，当时她像祈祷一样跪在床上对着椅子烧煮吗啡，椅子上到处是烟灰、发卡、棉花，和奇怪的墨西哥眼睫毛、唇膏、面霜、油膏等各种用在脸上的东西——完全是一堆垃圾，如果把它们打翻在地，也只不过增加了地板的脏乱程度而已。“我曾经跑步去寻找那个人猿泰山，”当他们在墨西哥星期六晚上的卧室里悲叹的时候，我在思考，回忆童年和家庭，“但那些树丛和石头都不是真实的，任何事物的美都源于一个事实：它们终将消失。”

① 指马克·吐温《汤姆·索亚历险记》中的大坏人印加·乔(Injun Joe)，Injun 也就是印第安人的意思。

我端着鸡尾酒杯恸哭，他们觉得我马上要喝醉了，所以他们都允许我、请求我注射一针吗啡，我接受了请求，丝毫没有害怕，因为我喝醉了——世界上更加糟糕的感受，就是在你喝醉的时候注射吗啡，效果像石头一样纠结在你的前额，在那里导致剧烈的疼痛，在同一战场上争夺控制权，但谁也控制不了，因为酒精和生物碱相互抵消了。但我还是接受了，一旦我开始感觉到它警示性的效果和热乎乎的效果，我便低下头观看，发现鸡在那儿，母鸡想和我交朋友——它走近我，脖子嗖嗖乱动，盯着我的膝盖，盯着我垂下来的双手，想靠近，但却不敢——所以我把我的手伸到它的嘴巴跟前让它啄，让它知道我不害怕，因为我相信它不会真正伤害我——它没有啄我——只是审慎地、疑惑地盯着我的手掌看，突然我几乎很温柔地把手移开，带着一种胜利的感觉。它心满意足地发出咕咕的叫声，从地板上叼起一片东西，然后把它扔掉，它的嘴巴里吊着一个线头，它把它甩掉了，四处张望，在星期六夜晚涅槃的巨大光芒照耀下的时间老人的金色厨房里四处溜达，此时所有的河流在雨中咆哮，我的灵魂深处发生激烈的碰撞，我想起童年时，你在房间里观察那些巨大的成年人，他们模糊的手掌挥动或捏紧，他们就时间和责任进行长篇大论，这一切都发生在我头脑中的金色电影里，既无实体，也无胶卷——这是虚无所具有的希望和恐惧——巨大的幽灵在脑海中尖叫，旁边是一幅公鸡神气活现的图像，它走过来，从嗓子里发出鸣叫，其意图就是公开抵御清晨羞愧爆发出的密苏里火药爆炸般的言语，也捎带表达对人类的敬意——在凌晨时分，在一片无法穿透的愁云惨雾之中，它吹响了凌晨粉红色的号角，但农民还是知道并非真正如此乐观。然后它咯咯叫了，对我们曾经说过的什么品头论足，又咯咯地叫了——可怜的明察秋毫的观察者，这个畜生明白它在莱诺克斯大道鸡笼里的时间已经到头了——像我们一样咯咯地叫———个人如果有着特殊的公鸡的嘴巴和舌头，那么他叫的声音会更响一些——母鸡，它的老婆，戴着一顶可以调整的帽子，帽子从它漂亮的嘴巴一边掉到另外一边。“早上好加祖库斯女士，”我跟它说，以观察鸡来取乐，我小时候在新罕布什尔州就这样做，那时晚上在农舍里等待谈话结束，等待把木材抱进屋子的时候我就是靠这个取乐的。在圣洁之地努力给父亲干活，强壮而坦诚，去城市参拜如来佛，把地铲平了供他落足，看到到处坑坑洼洼，就把路面都铲平了，他走过来，看见我，说：“首先铲平你自己的内心，然后地面就会平整，甚至须弥山也能削平。”(须弥山是古摩揭陀国时珠穆朗玛峰的古称)(印度)。

我也想和公鸡交朋友，但现在我坐在床前的另外一张椅子上，此时埃尔·印第奥正带着一帮形迹可疑的人物离开房间，他们都留着胡须，其中一个充满好奇地盯着我看，带着一种觉得很好玩而又自我感觉良好的微笑，我拿着酒杯，站在女士们面前，假装喝醉了酒，给他和他的朋友们传授一些做人的道理——和两个女士单独待在房间里，我在她们面前毕恭毕敬地坐着，我们热烈地、热情地讨论着上帝。“我的朋友们病了，我就给他们吗啡，”哀伤的漂亮的特丽丝苔莎对我说，她纤长的湿漉漉的极富表现力的手指在我迷离的双眼前跳着轻巧的印第安叮当舞。“只是，他妈的，我的朋友并不回报我，我不在乎，因为——”手指高高，直指我的眼睛，“我的上帝回报了我——而且他回报给我更多——更多”她快速地侧了侧身子，强调更多，我希望我能够用西班牙语告诉她，脱离苦海、摆脱轮回可以为她带来无穷无尽难以想象的幸福。但我爱她，我爱上她了。她用纤弱的手指抚摸着我的胳膊，我喜欢这样。我竭力想回忆起我在永恒之中的地位和位置。我已经发誓弃绝对女人的欲望，发誓弃绝以欲望本身为目的的欲望，发誓弃绝性欲和禁忌冲动——我想踏进圣河，一路安全到达彼岸，但我还是很愿意给特丽丝苔莎留下一个吻，感谢她收容了我的心灵。她知道我全心全意爱她喜欢她，也知道我要离开了。“你有你自己的生活，”她对老布尔(待会儿再提到他)说：“我有我自己的生活，杰克有他自己的生活。”也就是我，她把我的生活还给了我，并没有将其据为己有，而那么多你喜欢的女人就想把你的生活据为己有。我爱她，但我想离开。她说：“我知道，当一个男人和一个女人想要死的时候——”“他们就死了”——她点点头，进一步在内心确定了某种隐晦的阿兹特克人本能般的信仰，多么聪明啊——一个聪明的女人，即使在耶输陀罗的时代，她也能够为一群比丘尼增光添彩，成为又一个圣洁的尼姑。她眼睑耷拉着，双手合十，俨然圣母马利亚。想到特丽丝苔莎从未生过小孩，而且或许再也不会生了，我不由得泪流满面，服用吗啡给她带来了沉重的病患(只要她还想服用吗啡，这种病患就会一直存在，她同时在培养这种需求和满足这种需求，其结果就是她整天因为疼痛而呻吟不断，疼痛是实实在在的，像肩膀上的脓疮、头下侧的神经痛，在一九五二年圣诞节之前，人们认为她将要离开人世了)，圣洁的特丽丝苔莎不会有下一轮的生命，而是将直接去见她的上帝，上帝将会在亿万年亿万年的寂灭的因果时光中对她进行亿万次的补偿。她明白什么是因果，她说："我所做的，就是收获。"她用西班牙语说："男人和女人都会犯错误——错误、过失、罪孽、失误，"人类总是在自己的罪孽之土上耕耘，在他们自己错误的谬误的想象的石头上跌跟头，人生皆苦。她知道，我知道，你知道。"但是——我乐意服用毒品——吗啡——然后不再痛苦。"她弯下背，把一张农民样的脸庞放在臂弯里，她用一种我无法理解的方式理解她自己，我盯着她看，烛光在她脸庞高耸的颧骨上闪烁，她看起来就和电影巨星艾娃·加德纳一样漂亮，甚至还要漂亮，几乎是一个长脸长骨头长低垂眼睑的黑色艾娃·加德纳、褐色艾娃·加德纳——只是特丽丝苔莎没有那种性感的微笑，她的表情是忧郁的抿着嘴的印第安式的，你对她的完美容颜的态度，她不屑一顾。并不是说她的容颜像艾娃那样完美，它也有错误和缺点，但任何男人和女人都有错误和缺点，所以所有的女人都原谅了男人，所有的男人都原谅了女人，然后各自走上通向死亡的神圣之路。特丽丝苔莎热爱死亡，她走向圣母像，理了理花，开始祈祷，她俯身在一个三明治上，祈祷，看着旁边的圣母像，在床上以缅甸的方式盘腿坐着（一个膝盖放在另外一个膝盖前面，坐下来，保持坐姿），她向圣母马利亚长时间祈祷，请求赐福，或感谢食物，我默不作声，带着恭敬的心情等待着，快速地瞥了一眼埃尔·印第奥，他也同样很虔诚，在垃圾堆里几乎潸然泪下，他的眼睛潮潮的，满脸崇敬，特别是当特丽丝苔莎脱掉长袜钻到被子里时，他几乎流露出一股隐藏的带着崇敬的爱意，压低了声音说："特丽丝苔莎，哇，好漂亮啊！"（这也正是我心里在想的，但却不敢去看、去观察特丽丝苔莎如何脱掉尼龙长袜，因为我害怕瞥见她奶油咖啡色的大腿，然后变得狂乱起来）——但是埃尔·印第奥满脑子想的都是如何得到吗啡，根本不会在意这个，他一贯对特丽丝苔莎怀着崇敬之情，他很忙，有时候忙着生病，他有一个妻子，两个孩子（在城市的另外一头），不得不工作，在缺货的时候不得不从特丽丝苔莎那儿骗取一点点吗啡（正如现在一样）——（这是他在房子里的原因）——我看见所有的事情在四处发生，并加上注解，这座房子和厨房的故事。

厨房张贴着一些墨西哥色情女孩的图片，黑色蕾丝花边、滚圆的大腿、饱满的胸脯、盆骨上的装饰，那些恰当的地方我都一一认真钻研了，但是第二幅图片一团糟，被雨水浸泡过，而且向上翻卷，因此你用手摁平才能仔细观察，然而就是在那一刻，雨水浸透屋顶的白菜叶和潮湿的木板滴落下来——谁还会想到要为一个农民搭一个屋顶？——“我的上帝，他给我的回报更多”——

埃尔·印第奥回来了，站在床头，而我坐在那儿，转过头，看着公鸡(来驯服他)——完全像我把手伸给母鸡一样，我把手伸出去，让它明白，如果它啄我的话，我一点都不怕，我会轻轻拍它的，让它一点都不怕我——公鸡盯着我的手，一言不发，转过头看往别处，又转过头来，盯着我的手(这个精力充沛的冠军梦想着每天为特丽丝苔莎生一个鸡蛋，让她轻轻敲开一头，然后吮吸掉，非常新鲜)——它温柔而又威严地看着我的手，而母鸡绝对做不到如此威严地审视，它头戴王冠、神气活现，能够打鸣，它是剑术名家，刚刚跟慢悠悠早晨进行过生死搏斗。它看见我的手，发出咕咕的叫声，意思是“嗯不错”，然后走开了——我骄傲地左顾右盼，看特丽丝苔莎和埃尔·印第奥是否听到我的狂野学生的声音——他们口不择言，热烈地表达对我的关注，“是的，我们正在讨论明天我们将要得到的十克吗啡——是啊——”我感觉很自豪，因为我已经使公鸡认识我，也就是说房子里所有的小动物现在都认识我，爱我，我爱它们，虽然我或许并不认识它们。唯一的例外是屋顶的低吟歌手，在衣柜上，在远离衣柜边的角落里，靠着墙，紧贴着屋顶，鸽子卧在巢里，舒服地发出咕咕声，永远都是一刻不停地思考所有的情形，却一言不发。我抬头看去，我的上帝正在扇动翅膀，洁白如鸽子，发出咕咕的声音，我看向特丽丝苔莎，想知道为什么她要养一只鸽子，特丽丝苔莎绝望地抬起温柔的双手，充满深情而又哀伤地看着我，说，“它是我的鸽子”——“我的漂亮的白鸽——我能对此怎么样?”“我非常爱它”——“它如此可爱，洁白”——“它从不发出声音”——“它的眼睛真漂亮，你看你看它的漂亮的眼睛”，我注视着鸽子的眼睛，它们是典型的鸽子的眼睛，眼睑被包裹着，完美，黝黑，如两泓清泉，神秘，几乎有东方般的神韵，你甚至都无法忍受从这双眼睛里流露出的如许纯净——多么像特丽丝苔莎的眼睛，我希望就此说点什么，告诉特丽丝苔莎“卿眼如鸽眼”……

鸽子时不时站起来，拍打一下翅膀，以活动活动筋骨，但它没有飞越这凄凉的空气，而是在这世界上属于她的金色角落里等待着完美纯净的死亡，坟墓里的鸽子是一个值得热情赞美的黑色事物——坟墓里没有白光的漆黑，可以照亮整个世界，向上向下穿越人世间的生死轮回——可怜的鸽子，可怜的眼睛——它的胸脯一片雪白，它的乳汁，它如甘露般洒在我身上的怜悯，它平静温柔的眼神从架子上玫瑰色的高处和心灵世界开放天堂的方舟上一直投射到我的眼睛，我此生此世玫瑰金色的天使，我不敢触摸它，不敢站在椅子上，把它逼到角落，用人类的小心翼翼的露齿笑引起它对我沾染着血的心脏的关注——它的血液。

埃尔·印第奥拿着三明治回来了，小猫发疯一样想要吃肉，埃尔·印第奥被惹火了，一巴掌把它拍到床下，我举起双手，对他喊“别”“不要那样”，他根本就没有听见，因为特丽丝苔莎在朝他吼叫——这个了不起的衣冠禽兽在厨房里大快朵颐，一巴掌把他女儿从椅子上拍下来，让她踉踉跄跄地穿过屋子，一头栽倒在地上，她认识到他的所作所为以后，便开始泪雨滂沱——我不喜欢埃尔·印第奥打猫。但他在此事上并没有恶意，仅仅是表达简单的批评，严厉而公正地教训一下猫，在走向雪茄和电视的时候，一脚踢开在院子里挡路的猫——埃尔·印第奥体现的就是老爹时间，跟孩子、妻子在一起的时候，在晚饭餐桌旁几巴掌赶走小孩、在微暗的灯光下狼吞虎咽肉食的时候——“哦，嗝，”他在小孩面前发出这样的声音，小孩们眼睛闪闪发光，带着无比崇拜的神色看着他。现在是星期六晚上，他正在与特丽丝苔莎交涉，竭力向她解释，突然老克鲁丝(她其实一点都不老，只有四十岁）跳起来喊道，“对啊，用我们的钱，Si，con nuestra dinero[①]”，并重复了两次，同时在啜泣，埃尔·印第奥提醒她我或许能够听懂她的话(这时我抬起头来，显得庄严肃穆，对当前的情形无动于衷)，埃尔·印第奥好像要说：“这个女人在哭泣，是因为你拿走了她们所有的钱，”——这到底是什么意思？俄罗斯？穆罗斯？马塔摩拉普罗斯？[②] 就好像我对我无能为力的事情

---

① 法文，对啊，用我们的钱。

② Russia，Mussia，Matamorapussia 三个词，第一个是俄罗斯，但后两个都是作者编造的，都隐含了 pussy(女阴)一词在其中。

根本就不在乎一样。我唯一想做的就是离开。我彻底忘记了鸽子的存在，几天后才再次想起它来。

特丽丝苔莎叉着腿，很粗野地站在屋子中间，解释着什么，就像哈莱姆街角或其他任何地方的瘾君子一样，如开罗、孟买、整个阿拉伯真主的土地，从百慕大角到为北极海岸线布满羽毛的信天翁之翼岩礁，只是这些地方使用爱斯基摩格鲁格鲁海豹和格陵兰岛的老鹰制造的毒药，其糟糕程度远不及德意志文明的吗啡，而她(一个印第安女人)正在被迫屈服，死在她的大地母亲的怀抱。

同时，猫舒服地卧在克鲁丝头一侧的床脚，蜷着身子，它就以这样的姿势整夜睡在那儿，而特丽丝苔莎则会蜷在床头，她们就像姐妹一样，或母亲与女儿一样脚抵着脚，就这样，一张小床上成了一人一猫的安乐窝——这只粉红色的猫咪非常确定一切都很如意(虽然虱子在它的鼻梁上穿梭往来，或在它的眼睑上四处游走)——世界上的一切都尽如人意(至少目前如此)——它想贴近克鲁丝的脸颊，在这里一切尚好——它(其实是一个小小的她)没注意到她的绷带、悲伤和酒醉后的痛苦，它只知道她会整天待在家里，有时踏足厨房，偶尔给它倒点食物，此外还会在床上逗它玩，假装要揍它，抓住它，呵斥它，它的小脑袋小脸孔流露出恐惧的神色，闪动着眼睛，抿着耳朵，等待打击，但她只是逗它玩——所以现在它坐在克鲁丝面前，虽然我们谈话的时候会像疯子一样手舞足蹈，甚至偶尔有一只粗暴的手在它的胡须旁边掠过，几乎打在它的身上，或者埃尔·印第奥或许粗暴地决定把一张报纸扔在床上，结果却端端正正地盖在它的头顶，但它依然坐在那里，试图了解我们所有的人，眼睛紧闭，蜷成一团，完全是一副猫佛陀坐姿，如同头顶的鸽子一样在我们发疯一般的行径中打坐——我在寻思："猫咪知道衣柜顶上有一只鸽子吗?"我希望我远在麻省洛厄尔市的亲友们能够在这儿，亲眼看到在墨西哥人和动物如何和谐共处……

但这只可怜的小猫完全是一团虱子，但它不在乎，它不像美国的猫一样乱抓一气，而是默默忍受——我把它捡起来，它几乎是皮包骨头，长着一团团的毛而已——在墨西哥一切都贫困潦倒，人们都很穷困，但他们做每件事情都非常开心，无忧无虑，不管所做何事——特丽丝苔莎是个瘾君子，但她对此无动于衷，毫不上心，而一个美国人在这种情况下可能一蹶不振——但她整天咳嗽抱怨，每隔一段时间，按照某种规律，猫会疯狂地挠上一阵，但根本不顶用……

同时我一直在抽烟，我的香烟熄灭了，我走向圣像，想就着插在玻璃杯里的蜡烛借火——我听见特丽丝苔莎说了一句话，根据我的翻译，意思是"哈，那个愚蠢的笨蛋用我们的圣坛点烟"——对我来说这没有任何奇怪和不同寻常，我就是想点个烟——但听了她的话，而且相信她的话里所包含的内容，虽然我并不知道这些内容到底是什么，我呃了一声，停下来，结果从埃尔·印第奥手里点了烟，他后来给我演示了正确的做法，从报纸上撕下一条，快速虔诚地祈祷，间接地从蜡烛上借火，触碰与祈祷并行——知道这个仪式之后，我也这样做了，几分钟之后我就这样点了烟——我用法语做了一次祈祷："Excuse mué ma 'Dame。"① 我特别重读了"圣母"，因为无我母的缘故。

因此我对自己吸烟少了些许的内疚，我知道，我们所有的人都将突然离开人世，前往天国，就像佩戴金色绶带的天使的金色幻影一样，搭乘机械之神，到达一个天启的、桉树启的、阿里斯托芬启的、神圣的高度②——我这样认为，我在寻思猫会怎么想——我对克鲁丝说"你的猫有着金子般的思想(su gata tienes pensas de or)"，但是她因为一千一万个理由而无法理解我，这些理由都漂浮在她混乱的思绪当中，淹没在强忍疾病的毫无禅意的压力之中——"什么是 pensas?"她朝别人吼道，她不知道猫有金子般的思想——但是猫非常爱她，总是待在那儿，靠近她的下巴，发出咕噜咕噜的声音，开开心心，眼睛闭着，身子蜷着，一

① 法文，圣母请原谅我。"圣母"(Dame)的拼写与后面的"无我母"(Damema)有共同之处，所以主人公在读圣母的时候强调了一下。

② 这里作者在玩文字游戏，按照"天启的"(Apocalyptic)的拼写方式，结合桉树生造了 Eucalyptic，结合阿里斯托芬生造了 Aristophaneac。

只小猫咪，就像我在纽约曾经养过的那只粉红色的小猫，那只猫在大西洋大道上被布鲁克林区和昆斯区急速、模糊、疯狂的交通压死，在这同一条路上，这些坐在方向盘后面的机器人每天自动杀死五六只猫。“但这只猫会有一个非常正常的墨西哥死法：老死或病死，如果你是一个大街小巷兜售假毒品的聪明的大块头老贩子，你就会看见它(脏得就像抹布一样)从垃圾堆上像老鼠一样掠过，如果克鲁丝决定把它扔出去的话——但克鲁丝并不想把它扔出去，因此猫一直待在她下巴尖旁，就像她好心肠的一个小小的符号。”

埃尔·印第奥出去了，拿了几个夹肉三明治，现在猫像疯了一样叫唤，想要吃一些，埃尔·印第奥把它从床上扔下去——但猫最终还是得到了一小块肉，就像一个发疯的小老虎一样扑上去就咬，我在想：“如果它和动物园里的老虎一样大的话，它就会用绿颜色的大眼睛盯着我看，然后吃掉我。”我在享受周六晚上的美好童话，真正享受了一段美好时光，因为喝酒，因为开心，因为这些无忧无虑的人们——享受跟这些小动物在一起的感觉——看见吉娃娃温顺地等着吃一口肉或面包，夹着尾巴，一副悲伤模样，如果它能够承受地土①，那肯定是因为它的温顺——缩着耳朵，甚至还发出小巧的吉娃娃表达害怕的呜咽的声音——

① 出自《圣经·新约·马太福音》5：5：温柔的人有福了！因为他们必承受地土。

不管怎样，它整夜要么看着我们，要么睡觉，它自己对涅槃、生死和凡俗众生一天天等待死亡来临的思考，都采用一种呜咽的、高频率的、担惊受怕的、温柔的形式——就是那种“别碰我，我很娇嫩”的形式，你不去碰它，让它独自待在她娇小的脆弱的躯壳里，就像大洋深处的水面上漂浮的独木舟的躯壳一样——我多么希望我能够同这些动物和人交流，在月光下，在美好的时光流逝中，在思维深刻意象中可见的神奇乳状物的神秘迷雾中，在思维深处，我发现万物皆空——认识到这点，他们就不会有烦恼，除非再过一会儿他们又开始烦恼——我们所有的人都在人生苦短的鞋子里战栗，出生就是要死亡，我可以把**出生就是要死亡**写在墙上，写遍全美国的墙上——长着诺亚方舟上动物般清亮双眸的、裹在和平之翼里的鸽子；长着乌黑闪亮的利爪的狗，出生就要死亡，它紫色的眼睛里充满了颤抖，它肋骨下的血管细小微弱；是啊吉娃娃的肋骨，还有特丽丝苔莎的肋骨，漂亮的肋骨，吉娃娃身上的她和她的七大姑八大姨同样一旦出生就注定要死亡，漂亮就是要变得丑陋，快速就是要尽快死去，开心就是要变得忧伤，疯狂就是要变得糟糕——埃尔·印第奥的死亡，出生注定了死亡，这个人，因此不断使用着周六晚上的针头，每个晚上都成了周六晚上，心急火燎地等待着，他还能做什么——克鲁丝的死亡，宗教的毛毛细雨洒落在她的坟墓上，无情的嘴巴铺设了大地棺木的绸缎……我呻吟着，试图重获那份魔力，记起自己即将到来的死亡，“我多么希望我还拥有婴儿时魔幻般的自我，当时我能够记得我出生前的状态，既然我已经知道生与死都是同样空洞的梦境，我不再为死亡而忧虑。”——但是公鸡在将死的时候会说什么？有人会拿着刀刺向它脆弱的下巴——还有温和的母鸡，它从特丽丝苔莎的手心里喝一小口啤酒，它的嘴巴像人的双唇一样咂吧着，叽叽喳喳地吮吸啤酒的汁液——当它这只温和的母鸡死了，爱它的特丽丝苔莎会把它幸运的骨头留下来，扎着红线，保存在她的物品之中，无论如何，这位诺亚方舟之夜的温柔的母鸡母亲，这位宝贵的信息传递者，它走得已经太远了，你无法找到那枚能够使它重回最初始的本源躯体的卵，他们会把它刀砍斧剁，把它做成肉馅，你转动钢铁绞肉机的手柄，让肉馅从中压出来，你还会疑惑为什么它会因害怕惩罚而颤抖吗？还有猫的死亡，小小的死猫躺在水沟里，扭曲的面孔令人恶心不堪——我希望我能够同他们所有的、结合在一起的对死亡的恐惧进行交流，教给他们我从远古时代得到的真谛，让他们明白，在虚无之中的前后左右古往今来，有一种完美静谧的爱在等着我们，它足以对我们所有的苦难进行补偿，这一空无之中什么事情都不会发生，一切都保持其本来的面目。但他们自己对此知之甚详，无论是动物，骗子，还是女人，我的远古真谛的确很悠久，他们早在我出生之前就已经听说了。

我感到沮丧，我想回家。我们每个人，出生注定要死亡。

要完美地解释一切世界的清晰明了，我需要，向他们说明我们都没事儿——在这个时刻，僵化的机器的测量没有任何用处，或在任何时候都没有用处——克鲁丝用冒烟的煤油炉做饭，大陶罐里装满了小母牛肉、小牛肉、小牛内脏、母牛脑、母牛前额骨……这些并不会把克鲁丝打入地狱，因为没有人曾经告诉过她要停止杀戮，或即使有人，耶稣或佛祖或穆罕默德，曾经告诉过她，她也不会因此而受到伤害——虽然因为上帝的旨意小母牛不能免受其害……

小猫咪在一连声地叫，想要肉吃——它自己就是一小团颤抖的肉——在无边的虚无中灵魂吞噬着灵魂。

“别抱怨了！”我对猫吼道，它在地板上狂叫，最后跳到床上，加入我们——母鸡用它长长的长着羽毛的身体温柔而难以觉察地擦着我的鞋尖，我只能轻微地感觉到它，适时地意识到，这是来自佛祖母亲摩耶夫人的温柔的接触——它是神奇的下蛋母鸡，来历不明，像无头苍蝇一样，到处乱撞，随心所欲——猫叫唤得异常猛烈，我都开始为鸡担心了，其实大可不必，猫现在只是在对着地板上一小块味道进行安静的沉思冥想，我用指尖抚摸这只可怜小家伙的黏乎乎的脊背，使它发出呼噜呼噜的声音——该走了，我拍了拍猫，向鸽子上帝道别，想离开这个处于恶毒的金色梦境中的凶恶的厨房——一切都发生在一个巨大的思想之中，厨房里的我们都在其中，我对其一个字也不信，我也不相信其实实在在、原子般空无的一大团肉，我直接将其看穿，直接看穿在耀眼的紫水晶般的空白的未来现实里我们的肉体，(母鸡和其他所有的肉体)——我担心，但不开心——“笨，”我说，公鸡看着我，“他说‘笨’是什么意思!”公鸡说“公鸡叽里呱啦”，这是一个真正的星期天的早晨(现在就是，凌晨两点钟)说着话，我看见这个梦之屋褐色的角落，想起多年前坐落在寒冷大街上的母亲的漆黑的厨房，母亲的厨房亦属这个梦的一部分，而当前这个寒冷的厨房四处漏雨，坐落在印第安墨西哥城的恐惧之中——在我准备起身的时候，克鲁丝虚弱地向我道别，我拍拍她的肩膀，觉得这应该就是她在合适的时刻所需要的东西，让她明白我爱她，明白我是站在她一边的“但我自己没有自己的一边”，我对自己撒谎说——我一直想知道特丽丝苔莎怎么看我拍她的肩膀——有一会儿，我几乎认为她是她的母亲，在一个狂乱的时刻我这样猜测：“特丽丝苔莎和埃尔·印第奥是哥哥和妹妹，而克鲁丝是他们的母亲，他们整夜就毒品和吗啡争论不休都快让她发疯了。”突然我意识到：“克鲁丝也是一个瘾君子，每个月要用掉三克吗啡，她们同病相怜，具有相同的梦想和麻烦，三个人都会呻吟叹息，病痛缠身地度过余生。上瘾和痛苦。就像疯子的疾病一样，完全精神失常，你蓄意地破坏掉你的健康，却是为了获得一种虚弱的化学的快乐，这种快乐没有任何实际基础，仅仅是思维的感受——直觉，他们一旦试图让我服用吗啡，就会使我彻底改变。对你也是一样。”

虽然这一针吗啡的确给我带来了好处，我此后就没有碰过酒瓶，一种疲倦的开心弥漫在我全身，似乎赋予我无穷的力量——吗啡淡化了我的烦恼，但我宁可不要这种效果，因为它给我的腹部带来一种虚弱的感觉——我应该揍扁他们——“以后我再也不要尝试吗啡了，”我发誓道，我很想远离所有这些关于吗啡的谈话，尽管我只是零零星星地听到一点，但已经很烦。

我站起身要走了，埃尔·印第奥要和我一起离开，和我一起走到角落，虽然一开始他和她们在争吵，似乎他想留下，或想要别的什么——我们快速地走出去，特丽丝苔莎在我们身后关上了门，我甚至都没有仔细看她一眼，只是在她关门的时候瞥了一下，表示以后再见——埃尔·印第奥和我精神抖擞地穿过下着雨滑腻的小道，右拐弯，走出去进入市场街，我已经就他的黑色帽子发表过意见，现在我跟臭名昭著的黑流氓一起走在街上——我笑着说过“你很像戴夫”（特丽丝苔莎去世的丈夫），“你甚至也戴着黑色的帽子”，就像我在雷东达斯曾经见过的戴夫一样——在一个暖和的周五晚上，一片忙碌慌乱的景象，公交车缓慢地依次通过，人行道上都是人；戴夫把包裹递给同伙的男孩，售货员报了警，警察跑过来了，男孩把包裹还给戴夫，戴夫说“好了拿着它赶紧跑”，然后把包裹又扔还给他，男孩跳上一辆飞驰的公交车的踏板，吊在人群边上，他的腰和身体都悬在街道上空，他的手臂紧紧地抓着汽车的门柱，警察抓不到他，戴夫此时跑进一家酒吧，脱掉了他传奇的黑色帽子，同其他人坐在吧台边，眼睛直视前方——警察没发现他——我曾经很佩服戴夫的胆大包天，现在很佩服埃尔·印第奥的胆大包天——当我们走出特丽丝苔莎的公寓的时候，他吹起来口哨，朝街角的一帮人喊叫，我们一直往前走，他们四散走开了，我们走到街角，边走边聊天，我不大在乎他做什么，我唯一想做的就是直接回家——开始下雨了……

“Ya voy dormiendo(我想回去睡觉了)。”埃尔·印第奥说，双手合起来放在嘴巴一侧——我说“好啊”，然后他又说了一句话，我认为他是用语言重复他用动作表达的意思，我没有表明我完全明白他新表达的意思，他失望地说“Yo un untiende(你没听懂)”，但我的确明白他想回家睡觉——“好啊”我说——我们握手——然后我们走了一遍人类街道上精心设计的日常微笑程序，实际上是在雷东达斯破碎的石子上……

为了让他充分明白我的意思，我微笑了一下，表示道别，然后开始离去，但他警觉地观察我的每一丝表情，我的微笑和睫毛，我不能随意做个轻浮的动作就转身离去，我想用我的微笑让他上路，他也报以同样精心营造的微笑，与我配合默契，我们用夸张的道别的微笑你来我往地向对方表达信息，终于，埃尔·印第奥有点无计可施了，他跨过一块岩石，同时又一次以微笑道别，胜过了我自己的道别微笑，目前这个程序似乎还看不到尽头，但我们跌跌撞撞地朝相反的方向各自走开，似乎很不情愿——这种不情愿持续了几秒钟，然后夜晚清新的空气袭向你刚刚获得的孤独，你和你的印第奥各自离开，都成为全新的人，微笑，仅仅属于以前的你们，都已经消失不见，不再为人需要——他回他家，我回我家，为什么与人在一起时，为什么要没完没了地整夜微笑呢——礼仪世界的恐怖……

我沿着雷东达斯混乱的街道向前走，天在下雨，但尚未变得更大，我一路前行，周围忙忙碌碌，妓女成百上千，在巴拿马街道两边沿墙站着，身后是她们逼仄的住处，体形庞大的妈妈们坐在火炉猪形陶罐旁边，你要离开时，她们向你要点钱，用来买些东西放入陶罐，这些陶罐代表着她们的厨房，食物，火炉——出租车滑行而过，阴谋者在寻找目标，妓女躲在黑夜里，弯曲手指，做出勾引的姿势，小伙子们走过来，和她们发生一次关系，墨西哥小伙子手拉手，穿行在人群中，结伴走过他们主要的女人街，头发耷拉在他们眼睛上，醺醺大醉，双腿修长的金发美女穿着紧身的黄色裙子，拽住他们，把她们的骨盆紧贴上去，抓住他们的翻领，恳求他们——男孩子们摇摇晃晃站立不稳——警察悠闲地沿着街道溜达过去，就像脚底装了轮子一般在人行道上隐身而过——你可以看到酒吧里面，孩子们张大嘴打着哈欠，你可以看到同性恋男妓酒吧里，蜘蛛般的舞者穿着高领毛衣为一帮二十二岁的眼光挑剔的年长者表演艳舞——穿过两个洞孔，看到罪犯的眼睛，天堂里的罪犯。我眼睛看着这一切，脚步不停地往前走，手里拎着包，包里装有酒瓶，我扭了下身子，一边走着一边朝几个妓女别扭地看了几眼，她们从门口对我发出一如既往的嘲笑和咒骂——我饿死了，我开始吃埃尔·印第奥给我的三明治，当初他给我的时候，我试图拒绝，想留给猫吃，但埃尔·印第奥坚持把它作为礼物送给我，因此，当我走在大街上的时候，我把手举在胸前，轻轻地拿着三明治——看见三明治，我就开吃了——吃完三明治，当我跑步经过任何朝我喊“年轻人”的小摊的时候，都会购买各种各样的墨西哥夹肉饼——我买了恶臭的肝脏香肠，切成碎片，和黑白色的洋葱拌在一起，在翻过来的烤架上噼啪作响，在油中冒着热气——我大口吞食辛辣食物、辣番茄酱，结果就像吞了整整一口的火焰，沿着街道狂奔——即使如此，我又买了一份，接着又买了两份牛肉，在木板上剁成肉末，好像是牛头肉和其他的肉，有点沙子，有点脆骨，整个脏兮兮地搅拌在一起，堆放在脏兮兮的玉米饼上面，就着盐、洋葱和绿叶吃下去——纯属运气——如果你碰到一个好的摊点的话，你能吃到美味的三明治——这些摊点依次标着 1、2、3 的牌子，沿着街道排成半英里长的一排，笼罩在烛光、昏暗的灯泡和奇形怪状的灯笼惨淡的光线中，这是整个墨西哥的波希米亚式的冒险，发生在由石头、蜡烛和迷雾组成的巨大的户外夜间高原上——我经过加里波第广场，对警察来说这是事故多发地点，狭窄的街道上，奇奇怪怪的人群围绕着安静的音乐家，稍后点你才能在街区附近听到短号的声音——大点的酒吧里传来马林巴琴演奏的声音——富人、穷人，戴着宽檐帽，混杂在一起——从弹簧门中走出来，吐掉烟头，硕大的手掌拍打着腹部，就像他们即将跳入冰冷的河流——内疚——小街上熄火的公交车歪歪扭扭地停放在泥沼中，黑暗中妓女的黄色衣服闪闪发亮，倚墙靠着众多热爱墨西哥夜晚的恋人——漂亮的女孩走过去，各种年龄，所有的这一切人生喜剧，我频频回头观看她们，她们实在太漂亮了，令人难以忍受……

我在邮局向右转，穿过华雷斯的低洼地和沉落在附近的美术宫殿——把自己领到圣胡安-利特兰，然后步行了十五个街区，快速地穿过美食区，这里在制作甜点，他们从油乎乎的篮子里拿出新出锅热乎乎的油炸面圈，切碎了，加上辣椒、盐和黄油给你吃，你一边大嚼这些食品，一边穿越秘鲁之夜，周围人行道上满是敌人——形形色色的帮派聚集在一起，兴高采烈的头头们对领导帮派兴致甚高，头戴奇形怪状的斯堪的纳维亚羊毛滑雪帽，穿着上衣过膝、宽肩、裤筒肥大而裤口狭窄的组特装，留着墨西哥流氓少年发型——有一天我在水沟里见到过一个少年帮派，他们的头目打扮成一个小丑(头上套着尼龙长袜)，眼睛周围涂着圆圈，更小些的孩子模仿他，企图收拾出一套相似的小丑行头，灰色的和黑色的眼睛上画着白色的圆圈，就像大型跑马场的旗子一样，这个由匹诺曹们(和热内)组成的小小的帮派在街道边上做着自己的一些勾当，一个大点的男孩在逗小丑老大取乐："你在这儿扮什么小丑，小丑老大？——任何地方都没有天堂？""没有小丑老大的圣诞老人，疯孩子。"——其他一些准嬉皮士隐藏在夜总会酒吧前面，酒吧里传来臭味和噪音，我快步走过，只是快速地用沃尔特·惠特曼的眼神看了周围一眼——雨越下越大了，我还有很长的路要走，拖着酸痛的双腿穿越浓密的雨雾，不可能也没刻意去打一辆出租车，威士忌和吗啡让我沉着冷静，虽然毒品让我有点恶心。

涅槃没有次数，因此不可能出现“无数”这样的字样，但圣胡安-利特兰的人群的确像是无数的——我说“把从这儿到无尽天空尽头(那里已经没有天空了)的所有苦难进行计数，看看你能够得到一个怎么样的数字，是否足以让小城市、中城市、大城市的肉联厂的死魂灵的老板动容，所有的人都生活在苦难中，所有的人生来就是要死的，在无法估量的天空之下，在凌晨两点钟的大街上，人们已经在忙忙碌碌”——它们无边无际的巨大，从月球上把墨西哥高原清除出去——虽活将死，有时候我在特哈多区的屋顶上听到那首悲伤的关于生死的歌曲，屋顶的房间，点着蜡烛，等待我的涅槃或我的特丽丝苔莎——但两者都没有到来，中午时分我听见金属收音机在播放《鸽子》，音乐从楼窗的缝隙里传了进来——隔壁疯狂的小子在唱歌，梦正在展开，音乐如此悲伤，法国喇叭在疼痛，小提琴发出高亢的哭诉声，印第安西班牙广播员发出叽里呱啦的声音。虽生将死，我们在世界的这个层面上等待着，而到了天堂，一切都是金色的未封上的糖果，打开我的门——《金刚经》是天空。

我醉醺醺、惨兮兮、困难异常地往前走，踮着脚，小心翼翼地走在危机重重的人行道上，人行道上由于倾倒的菜油而滑腻不堪，这些特万特佩克绿色的人行道上，布满了各种肉眼虽然看不见，但数量庞大的生物——我的头发里隐藏着死去的女人，游走在三明治和椅子下面——“你们都是疯子！”我用英语朝人群喊道，“在这个由摩揭陀的操纵木偶人、诱惑佛祖的摩罗所控制的永恒的钟楼里，你们永远都不知道你们在干什么，一群疯子……你们像老鹰你们像猎犬你们四处购买——你们稳妥行事你们垂头丧气你们满口谎言——你们这些可怜的家伙灌满了黄汤从夜间大街上一拥而出，却不知道上帝已经安排好了一切。”“包括你们的死亡。”“什么事情都没有发生。我不是我，你不是你，那些难以计数的也不是他们，一个非数字的自我是不存在的。”

我在人类的脚下祈祷，等待着，作为他们。

作为他们？作为人类？作为他？根本就没有他。只有难以言说的神圣的单词。其实也不是一个单词，而是一个神秘。

在神秘的脚下，一个世界同另外一个世界被光之剑分开。

今晚酒吧游戏的胜利者们走到室外，在露天的雨雾中喋喋不休，在大马路上把棒球帽扔向人群，显示他们的准头多好啊，人群无动于衷地继续前行，因为他们是孩子，而不是失足青年。他们把帽檐尖尖的棒球帽低低地罩在脸上，在细雨中，轻弹手套，心里寻思：“我是不是在第五局中表现很差劲？我是不是在第七局中靠击打弥补回来了？”

圣胡安-利特兰尽头有最后几个酒吧，然后就是遭到破坏的迷雾，扔满破砖坯的田野，没有流浪汉藏匿其中，周围都是树木、高尔基、潮湿、下水道、水坑，街上的水渠有五英尺深，底部积着水——住宅楼在临近城市灯光的映照下像铺了一层粉末——我看到最后几家酒吧的大门，穿着金光闪闪的蕾丝花边的女人们从门后闪过，我能够看到和感受到，就像我亲身飞入其中，又好像飞翔的鸟儿扭头飞走。门廊上的孩子们穿着混混服装，乐队在酒吧里发出恰恰恰的悲号，每个人的膝盖在撞击、在弯曲，他们随着疯狂的音乐在发狂在嚎叫，整个酒吧都在摇摆，完了，如果一个美国黑人此时和我走在一起的话，他会说："这些猫完全沉醉在真正的嬉皮舞中，他们整天就这样胡混，他们就这样嚎叫，他们所有的时间就在碰撞而又碰撞，就是为了那点面包，就是为了那个姑娘，他们堵在门口，精通此道，伙计，所有的人都在嚎叫——你知道吗？他们不知道何时停下来。就像欧玛尔·海亚姆，我想知道葡萄酒商在买什么，他们买的仅仅有他们出售的一半美味。"（我的孩子埃尔·达姆雷特。）

我离开最后几家酒吧，雨的确下大了，我尽可能快走，闯进一个大水坑，从中跳出来，全身都湿透了，又跳进去，然后穿过水坑——吗啡使我无法感受到潮湿，我的肌肤和四肢都已经麻木了，就像一个小孩，在冬天滑冰的时候，掉进了水里，他夹着滑冰鞋跑步回家，这样他就不会感冒，我坚持不懈地在这场泛美洲的大雨中穿行，头顶上传来泛美航空班机的巨大轰鸣声，它正前往墨西哥城机场降落，搭载着自纽约来寻找完全不同梦想的乘客。我抬起头，穿过雨雾，看到飞机尾翼上的闪烁的灯光——你不可能发现我降落在大城市，我所能够做的就是随便找个座位，一路摇摇晃晃，让飞机驾驶员带着我们，娴熟地以巨大的冲力，降落在老印第安城贫民区的杂货铺边上——什么？这些无赖们裤兜里揣着手枪，在我湿漉漉的骨头上乱摸，寻找金子制品，然后无赖们知道你的斤两了。

我宁愿走路，也不愿乘坐飞机，我可以面朝下直挺挺地倒在地上，一动不动地死去——胳膊底下夹着一个西瓜。怎么样？

我精神焕发地出现在奥里萨巴大街，（之前我冒着大雨摸黑穿越了墨西哥电影院附近巨大而泥泞的公园和凄惨的以凄惨的奥夫雷贡将军命名的电车街道，奥夫雷贡将军母亲的头发上别着玫瑰花——）奥里萨巴大街上有一个绿地公园，公园里有一个很棒的喷泉和池塘，公园附近是一个环形车道，旁边是居民区，石头、玻璃和老栅栏共同构成了美妙绝伦的景色，月色朦胧之际，这一切就像一幅迷人而又庄严的画卷展现在你的眼前，其中糅合了西班牙内花园所具有的魅力，以舒适家居为目的的建筑往往具有这种花园。安达卢西亚人目标很明确。

凌晨两点，喷泉不会喷水，然而在这驱人前行的大雨中，喷泉显得好像必须喷点水一样，我的火车驶过那里，经过地下轨道上那些粉红色的闪闪发光的开关，就像三十五街区之外的市区小妓女街上的警察一样。

糟糕的雨夜终于赶上了我——我的头发滴着水，我的鞋子往外冒水——但我穿着夹克，夹克外侧已经湿透了——但真正令人讨厌的是雨——“我为什么要从里奇蒙德银行把它买回来”，之后我在一个小孩经常做的梦中这样告诉诸位英雄。我跑步回家，经过面包房，他们在凌晨两点不会再做深夜的油炸面圈，那种麻花状的圈饼，上面浇上糖浆，从面包房的窗户上卖给你，两分钱一个，如果是我小时候的话，我会买整整一篮子——面包房现在关门了，现在大雨中的墨西哥城的夜晚，没有玫瑰，没有新鲜的热乎乎的油炸面圈，真是糟透了。我穿过最后的一条街，放慢脚步，放松一下，喘口气，肌肉酸痛，有点站不稳，现在我就可以走进屋内，无论死活，先像一个白色天使一样大睡一觉。

但我的门是锁上的，我说的是临街的门，我没有门上的钥匙，所有的灯光都熄灭了，我站在那里，在雨中全身滴水，没有地方躲雨，没有地方睡觉——我看见老布尔·盖恩斯的窗户还亮着灯，我走过去，惊异地朝里看，但只是看见他金色的窗帘，我想：如果我不能进入我自己的房间，那么我可以敲布尔的窗户，在他的安乐椅里睡上一夜。我就这样做了，敲了窗户，他从大约住了二十人的黑乎乎的楼里走出来，穿着睡衣，冒着雨穿过楼和门之间的一点点空间——他走过来，打开铁门。我跟在他身后进入房间——“我进不了我的房间。”我说——他想知道特丽丝苔莎说过什么关于明天的话，什么时候从黑市上、红市上、印第安的市上再搞些货——因此我与老布尔在一起，待在他的房间里，在房间里睡觉是不会有问题的——“明天早上八点街门开了我就离开，”我补充道，然后突然决定裹着单薄的被单蜷在地板上睡觉，我也立刻这样做了，就像柔软的羊毛床一样，我躺在那里这样想，两腿酸痛，衣服有点潮湿(我现在裹在老布尔的大毛巾袍子里，活脱脱一个在土耳其浴室洗澡的鬼魂)，雨中的全部旅途都结束了，现在我要做的就是躺在地板上做梦。我蜷起身子，开始睡觉。在这样的午夜时分，黄色的小灯泡亮着，外边大雨倾盆，老布尔·盖恩斯把百叶窗紧紧地关上，一支接一支地抽着烟，我在这样一个房间里几乎无法呼吸，他在咳嗽：“喀——呵！”完全就是干咳，像某种抗议，又好像高呼醒来吧！——他躺在那儿，孱弱、憔悴、鼻子很长，英俊里透着怪异，头发灰白，单薄、邋里邋遢，一个被遗弃的人，在这个世界上已经度过了二十二个春秋(“灵魂与城市的学徒”，他这样称呼自己)，被吗啡彻底毁掉了身子，变得羸弱不堪——然而他似乎具有这个世上所有的勇气。他开始大口大口地咀嚼糖果，我躺在那里，醒过来，意识到老布尔半夜三更在大声地吃糖果——我的梦境中充斥着这种声音——我感到很烦，焦急地朝四周看，看见他一个接一个地大嚼糖果，凌晨四点的时候在床上大嚼糖果，这是多么荒诞的一件事情——然后在四点半的时候，他起床了，在勺子里煮了几胶囊的吗啡，你看着他，把吗啡吸进针管，然后注射进身体，愉悦地舔着舌头，把唾沫吐在勺子黑黝黝的底部，然后用一张纸把它擦干净，他把它切切实实擦得很干净，拭去了上面的一小撮灰烬——然后他又躺回到床上，感受着吗啡，大约十分钟的时间里，他感到肌肉有剧烈的疼痛，过了大约二十分钟时间，他觉得没事儿了——如果还不行的话，他就在抽屉里四处乱翻，又一次把我吵醒，他在寻找镇静剂——“这样他就可以睡着了”。

这样我也能够睡着了。但还是不能。很快他又想要来点别的什么，他起来打开抽屉，取出一罐可待因药片，数出十粒，用他破旧的杯子里盛着的冷咖啡冲服了，他的杯子就放在床边的椅子上——他就这样在夜里熬着，亮着灯，又抽了几支烟——黎明时分，他睡着了——在床上思考了一阵以后，我在九点或八点或七点起来了，快速地穿上我湿漉漉的衣服，想立刻跑上楼去，冲向我暖和的床和衣服——老布尔在睡觉，他终于达到了那个境界，涅槃，他在打呼噜，他安稳了，我不想叫醒他，但他必须用他的门栓和滑扣从里面把门锁上——外面灰蒙蒙的，雨在黎明时分倾泻一阵后终于停下来了。墨西哥城西北部整整四万户家庭在这场暴雨中遭了灾。老布尔用他床头的针头、白粉、棉球、针管和全套设备远离了这场水灾和暴雨——“当你有了吗啡以后，你什么都不需要了，我的孩子，”他在白天对我说，他收拾得整整齐齐，端坐在安乐椅里，拿着报纸，一副快乐健康的形象——“罂粟女士，我这样称呼她。当你有了鸦片，你就有了你需要的一切。所有美妙的感觉都进入你的血管，让你只想高唱哈利路亚！”他开始大笑，“把格蕾丝·凯莉放在我面前的这把椅子上，把吗啡放在另一把椅子上，我会选择吗啡。”

“艾娃·加德纳呢?”

“艾娃·加德纳和迄今为止所有国家所有的美女都一样——如果我能在早上有吗啡，下午有吗啡，晚上睡觉前有吗啡，我甚至都不需要知道市政厅钟表上是什么时间——”他使劲真诚地点头，告诉我所有的这一切和其他的东西。他的下巴因为激动而颤抖不已。“天啦，为什么我没有毒品我就会郁闷至死，我会活生生地无聊死”，他抱怨着，几乎哭出声来——“我读过兰波和魏尔伦的诗歌，我知道我在说什么——我只想要来一次——你从来没有犯过瘾，你不会知道发作的时候是什么样子的——伙计，当你早上起来的时候痛苦不堪，好好来上一下，伙计，那感觉真棒。”我可以想象我和特丽丝苔莎早晨在疯狂的婚床上醒来，看到的是床单、狗、猫、金丝雀和被单上的圆点图案、赤裸的肩膀挨着肩膀(鸽子温柔的眼睛时刻注视着这一切)，我帮她，她帮我，各自注射一大针筒无色毒品，径直注射进胳膊的肌肉里和你的身体系统中，然后毒品立刻就会控制全身——你会感觉到自己的身体在解决毒瘾的过程中逐渐变得虚弱——但我从来没有过毒瘾，不知道这种疾病的恐怖——这方面老布尔比我更清楚。

他喃喃自语嘟嘟囔囔地说着话，从床上起来，开门让我出去——抓着睡衣和浴袍，疼痛的时候用手紧紧地抵住肚子，他忍受着疝气的折磨，可怜的病态的家伙，看起来几乎六十岁了，强忍病痛，不给其他任何人造成麻烦——他出生在辛辛那提市，在红河汽船上长大。(红腿的吗？他的双腿如雪一般白。)

我发现雨已经停了，我很渴，喝了老布尔的两杯水(开水，盛在一个罐子里)——我穿着湿透的鞋子穿过街道，买了一瓶冰镇可乐，在回我房间的路上大口地喝着——天放晴了，下午或许会出太阳，天气如大西洋上一般几乎狂乱不堪，就像苏格兰港湾海滨之外的海上天气——我意气风发，冲上通向我房间的两段楼梯，最后一段楼梯是铁片锡条钉成的，踏上去嘎吱嘎吱作响，上面满是沙子，我站在屋顶的硬砖地板上，走在打滑的小水坑上，呼吸着院落的空气，周围是仅仅两英尺高的围栏，这样你就可以很容易地掉下三段楼梯，然后在瓷砖地板上磕破你的头骨，在这个地板上，美国人有时候在天光朦胧的凌晨举行喧闹的聚会，他们在聚会上咬牙切齿，互相攻击——我很可能掉下去，老布尔差点翻下去，当时他在楼顶住了一个月，孩子们坐在两英尺高的栏杆的光滑的石头上，在那里闲逛闲聊，整天围绕着栏杆奔跑、滑倒，我从来不想去观看——我绕过了这个大洞的两个拐弯，回到了我的房间，打开门锁，锁挂在差不多已经腐烂了一半的钉子上(有一次没有锁门，在没人的情况下敞了一天的门)——我走进房间，关上门，门框的木头被雨水浸泡，膨胀起来，门在顶部很难紧密地合上——我穿上了干爽的流浪裤和两件宽大的流浪衬衫，然后穿着厚厚的袜子躺在床上，喝完了可乐，把空瓶放在桌上，说了一声“啊”，擦了擦嘴巴，盯着门上众多的小洞看了一会，从小洞里可以看到室外周日早晨的天空，我听见奥里萨巴街道尽头教堂的钟声，人们要去教堂，而我要睡觉，我以后会弥补的，晚安。

“上帝啊，你喜欢所有感性的生活。”

为什么我必须要犯罪，在胸前画十字？

“从没有开端的过去，直到现在，一直到没有尽头的将来，各种概念不停地积累，形成了一个巨大的数字，但没有任何一个概念是人类所能够掌握的。”

虽然“是啊，生活全是虚假的”早已成为老生常谈，但只要你看到一个漂亮的女人或别的什么，你就会难以克制地产生占有之心，仅仅因为她就在你的面前——这个二十八岁的漂亮女人，娇弱的身体就站在我的面前［“我把你放在我的脖子上(成为一个围脖)，这样就没有人会看，也没有人会看到我漂亮的身体，”她觉得她在开玩笑，因为她不认为自己有多漂亮］，她的脸孔对痛苦和可爱具有极强的表达能力，她的痛苦和可爱无疑是这个要命的世界的一部分——美丽的日出，能够让你在沙滩上流连忘返，面向大海驻足眺望，在内心深处倾听瓦格纳的《神火》——可怜的特丽丝苔莎娇弱而神圣的面容，她颤抖、勇敢、娇小的被毒品残害的身体，一个男子可以把她举起来扔到空中十英尺高——死亡和美丽的结合——所有纯洁的形体站在我的面前，所有对性感的美丽造成的毒害和折磨，乳房、胴体、你可以拥抱的女人的身体，这个身体的一些部分高过六英尺，晚上你仍可以睡在它们的凸起部分上，就像在女人的河岸斜坡上打盹做梦——就像年届八十的歌德一样，你已经明了爱情的无常，你对此耸耸肩膀——你耸耸肩膀，将热情的亲吻（舌头和嘴唇）、牵着瘦弱的手腕、紧紧相拥时所有暖和而飘忽忽的感觉抛之脑后——这个小女人——为了她，河水才会流淌，男人才会从楼梯上一头栽下——特丽丝苔莎瘦长冰冷的褐色手指，缓慢、随意、懒散，就像双唇的相遇一样——特丽丝苔莎的西班牙之夜，沉浸在爱情深深的洞穴之中，当她梦见你的时候出现的斗牛场面，懒惰的雨中玫瑰紧贴着慵懒的双颊———个如此可爱的女人，一个来自异乡的小伙绝对渴望能够为这样一个女人留下来——我在北美四处旅行，其中不乏灰暗的悲剧。

我站在地上，看着特丽丝苔莎，她跑来我的房间看我，她不想坐下，她就站着说话——在烛光下，她激动、热情、漂亮、激情四射——我在床上坐下来，在她说话的时候，盯着石头地板看——我甚至都没有在听她说什么关于毒品，关于老布尔，她如何疲倦等内容——“我要明天去做——明天——”她挥动手臂，以示强调，所以我不得不说“嗯，嗯，那你就去做吧”，然后她继续讲述自己的故事，而我对此一点也不明白——我就是不敢看她，害怕我会产生一些想法——但她包揽了全场，她说：“是啊，我们都很痛苦——”我说“La Vida es dolor”（人生皆苦），她表示同意，她说生活也是爱。“你有一百万或无所谓多少比索，都无济于事”——她说着，指了指我随身携带的皮质封面的《圣经》和上有邮票内有航空信封的西尔斯·罗巴克公司信封——就好像当时我就在地板下面藏了一百万比索——“一百万比索都无济于事——但是当你有个朋友，朋友就会在床上给你真正需要的东西”。她说，双腿轻微地撇开了一点，用她的胯部对着空气朝我的床的方向抽动了几下，证明一个人远比一百万比索的纸币强得多——接受来自特丽丝苔莎自我牺牲的生病的身体的友谊，这种柔情无法用语言来表述，我几乎想哭了，想紧紧地抓住她，亲吻她——一阵孤独感袭过我的全身，让你想起过去在床上的爱情和两人的身体，和当你深深地进入爱人的时候难以抑制的激动，整个世界都似乎与你同在——虽然我们知道诱惑佛祖的摩罗是邪恶的，但诱惑行为是无辜的——特丽丝苔莎在我身上引起激情，但这是一种美德，或一种无辜的欺骗，或是我致命性欲望的实际证据，她怎么可能会受到谴责呢？她站在那里直接用大腿表演哑剧，表达对我的爱，还有什么东西比她更令人喜欢？她个头高挑，不停地拉扯外套(外套底下显出内衣)的翻领，徒劳地想把它固定在外套并不存在的纽扣上。我深深地看着她的眼睛，意思是：“你愿意成为我那样的朋友吗？”她直直地盯着我，眼睛里面蕴含不止一种意味，她不愿打破她蕴含在圣母马利亚身上的个人厌恶契约，和她“请祝福我吧”的爱情，两相结合，使她如同如来佛一样神秘莫测，如来佛据说根本没有形状，如同一堆已经熄灭的火的去向一样难以描述。我在给她的时间里，没法从她的眼睛里得到确切的回答。我紧张不安，坐下来，站起来，又坐下，她站着继续解释事情。我对她的相貌赞叹不已，脸上的皱纹呈清晰的线条沿着鼻梁一路延伸下来，她愉快的微笑如此稀罕，如此小女孩子气，像小孩子一样的欢呼雀跃——我如果仅仅把她当成是玩伴，那我就是在犯罪。

我想双手在腰间搂住她，让她慢慢地贴紧我，突然说几句甜言蜜语，诸如“我亲爱的天使”或“我的无所谓什么”，但我找不到语言来掩饰我的尴尬——最糟糕的是，如果她一把推开我，说：“不，不，不，”我就会像法国电影里被身材小巧的金发女郎拒绝后的胡子拉碴的英雄一样垂头丧气，金发女郎是司闸员的妻子，她在烟雾缭绕的午夜时分在法国铁路院落的篱笆旁边把英雄赶走了，这样我就只能转开硕大而痛苦的恋人的面孔，忙不迭地道歉——仓皇遁去时感觉自己身上还残留有尚未发现的野兽的痕迹，这种感觉对所有坠入爱河的年轻年老的人来说都很普遍。我不想让特丽丝苔莎对我感到厌恶——让她具有杀伤力的肉的花瓣绽放秘密，让她在早上醒来的时候，背贴着一个在夜里爱过她之后睡着了的男人，这个男人醒来后睡眼蒙眬地刮胡须，他的存在本身足以让人惊慌失措，因为这里之前是绝对无人的完美纯净状态，对我来说，这一切都让我莫名恐惧。

我这个恋人的身体并没有受到朋友的拳打脚踢，但这时，我错过的一幕突然呈现在我的面前，整个画面都成为我心里的图像，这是一个屠宰场，其目的就是提供肉食，你所需要做的就是以女性必须付出点什么为意图施加伤害。特丽丝苔莎十二岁的时候，求婚者们在她妈妈正在做饭的屋外、在光天化日之下扭着她的胳膊——这种事儿我已经看到过成千上万次了，在墨西哥，年轻小伙子想要得到年轻女孩子——他们的生育率非常惊人——他们把孩子扔在婴儿床里置之不理，任其大量嚎哭死去——我的思路被打断了……

是啊，特丽丝苔莎的大腿和她金黄色的皮肤都是我的，难道我就不是一个粗野的男人？是一个粗野的男人。

一个深藏不露的粗野的男人。

她的脸颊在颤动，牵动了嘴巴，我想起她漂亮的眼睛，就好像在美好的夜晚，在一个法国的包厢里，剧烈的交响乐响起，我转向身边的先生，悄声问他："她很棒，对吧?"我的燕尾服的口袋里装着尊尼获加威士忌。

我站起身。我必须去看她。

可怜的特丽丝苔莎在那里晃来晃去，解释她所有的痛苦，她如何没有足够的钱，她如何恶心难受，她每个早上都要恶心难受，从她的眼神里我看到她有接受我做恋人的想法——唯一的一次看到特丽丝苔莎哭泣，是她坐在老布尔的床沿上毒瘾发作的时候，就像一个连续九天坐在教堂后面长椅上做祷告的女人一样，她抹着眼睛——她又指了指天空，“如果我的朋友不回报我，”直直地看着我，“我的上帝会回报我——更多，”当她站在屋子里时，我觉得某种精神也随之进了屋子，在她举起的手指上，在她叉开的双腿上，这种精神在等待上帝回报她——“所以我尽我所能地给我朋友东西，如果他们不能回报我”——她耸耸肩——“我的上帝会回报我”——突然间又变得机敏警觉——“更多”，这种精神游走在房间里，我能够辨别出它所具有的威力强大、令人伤心的恐怖(她的回报是如此微薄)我现在看见无数的手从她头顶伸出来祝福她，这些无数的手来自于宇宙八荒，因为她如此美好地讲述和了解这些而宣布她为菩萨。

她的觉悟是彻底的——“我们什么都不是，你和我”——她戳了一下我的胸口，“你——你——”(她用墨西哥话说)“——和我”——指了一下自己——“我们什么都不是。明天我们很可能就死掉了，所以我们什么都不是——”我完全同意她的观点，我感觉到这个真理的怪异，我觉得我们是两个由光构成的空虚的幻影，就像闹鬼的老故事中的鬼魂一样，透明、珍贵、洁白、缺场——她说：“我知道你想睡觉。”

“不，不。”我说，看见她想离开。

“我要去睡觉，一大早我就去见那些人，拿到吗啡，然后就来找老布尔”——既然我们什么都不是，我把她所说的关于朋友的一切忘得一干二净，只是沉浸在她怪异的、睿智的美丽的形象之中，一点都不假——“她是个天使，”我偷偷地想，当她斜靠在门框上跟我说话时，我挥挥手，走向门口，陪她走出去——我们很小心地不要碰到对方——我有点颤抖，有次两人坐在椅子上聊天时她的指尖碰到我的膝盖，我差点儿跳起一英里高。我第一次见到她的那个下午，她戴着墨镜，坐在下午阳光灿烂的窗户里，旁边点着烧煮毒品用的蜡烛，吸着烟，漂亮异常，酷似拉斯维加斯的女老板，或白兰度演的关于墨西哥的萨巴达的电影中的革命女英雄——旁边还有墨西哥库利亚坎的众位英雄——她就是那次搞定我的——在金色的下午时光里，这种神色、这种纯粹的美丽，恰似丝绸，孩子们在咯咯笑着，我羞红了脸，在一个家伙的房子里，我们第一次碰到特丽丝苔莎，一切就这样开始了——善良的特丽丝苔莎的心灵上安有金子的大门，我第一次想要竭力做一个邪恶的女巫——我将作为一个圣人跑在现代的墨西哥，我在此胡思乱想一切虚无皆是天定，有时谎言也成需要——例如老父亲的谎言，三个玩疯了的小孩在失火的房子里尖叫着玩耍，他用谎言骗他们出来，“我会给你们每个人一辆你们喜欢的车”，他们立刻从房子里冲出来，跑向车子，他给他们白色阉牛拉着的壮观牛车，孩子们的年龄太小，还不能完全欣赏牛车的美丽——他用牛车帮助了我——我盯着特丽丝苔莎的腿，决定不提及命运和天堂外安息等话题。

我同她美丽绝伦的双眼交换着眼神，她想在修道院度过余生。

我说，无论如何，“不要伤害特丽丝苔莎”，就像我说“不要伤害小猫咪”一样——我为她打开门，我们一起从我的房间里走出去，正是午夜时分——我笨手笨脚跌跌撞撞，手里拎着很大的铁路司闸员使用的提灯，照着她的脚下，我们走下不用说也很危险的楼梯，她走近我，她走向我的时候呻吟着叹息着，她微笑着双手抓着裙子继续走下楼梯，带着一种女性特有的缓慢而可爱的优雅，就像一位中国的维多利亚女王。

“我们什么都不是。”

“或许明天我们就死掉了。”

“我们什么都不是。”

“你和我。”

我用灯照着，彬彬有礼地一路领她下去，一直到了街上，我喊了出租车，让她坐着回家。

自没有开端的过去，到没有终点的未来，男人一直爱着女人，但没有告诉女人，上帝一直爱着世人，没有告诉世人，空虚其实并非空虚，因为空虚中本来就没有东西，也就没法掏空。

艺术，上帝之星？细雨变小了，打断了我平静的心情。

第二部分
一年以后

然而打断我平静心情的细雨并没有减小——我没有在离开墨西哥的时候告诉她我爱她，但我很快就开始想她，然后就开始写信给她，告诉她我爱她，几乎可以说我爱她，她也写信给我，写了一些漂亮的西班牙语的信，说我人很好，请赶快回到墨西哥去——等我回到墨西哥的时候已经太晚了，我应该在春天的时候就回去，当时也差点就回去了，但我没有钱，只是抵达了墨西哥的边境，感受到了墨西哥呕吐的感觉——然后又回到了加利福尼亚，生活在一个简陋的棚屋里，每天都有一些和尚之类的朋友来访，然后又向北去了孤凉峰，在荒野中流浪了一个夏天，独自一人吃饭、睡觉。虽然我说，“我很快就会回去，回到特丽丝苔莎温暖的怀抱之中。”——但她等的还是太久了。

上帝啊，你为什么要这样对待你的天使，这些天使都是你自己的化身，你为什么让他们过这样痛苦的生活，让他们处在这样一个破破烂烂、肮脏不堪，充满污物、贼盗和垂死之人的世界里？难道你不是应该把我们放在一个糟糕但里面的一切毕竟还是充满了欢乐的天堂里吗？上帝啊，你是一个施虐狂吗？你是一个送礼后又索回的印度送礼人吗？你是一个心怀仇恨的人吗？

最终我经过四千英里的旅程，从加拿大附近的山巅，回到了布尔的房间，这个旅程非常痛苦，不值得在这里长篇大论——他出去，把她找来了。

他已经警告过我了："我不知道她怎么了，她在过去的两周有点变了，甚至就是在过去一周……"

"是因为她知道我要来了？"我暗自寻思。

"她大发脾气，数次用咖啡杯打我的头，丢了我的钱，跌倒在大街上——"

"那她到底怎么了？"

"镇静剂——我告诉过她不要服用太多——你知道一个瘾君子需要花多年的实践才能学会如何对付安眠药，她就是不听，她不知道如何服用安眠药，三片、四片，有时候五片，有一次甚至十二片，她已经不是以前的特丽丝苔莎了——我想要做的就是娶她，获得我的公民身份，嗯，你认为这个主意怎么样？不管怎么样，她是我的生活，我是她的生活……"

我可以看出，老布尔陷入爱河了——爱上了一个名字不叫吗啡的女士。

"我从来没有碰过她——与她结婚只是权宜之计——你知道

我的意思——我无法从黑市上买到货，我不知道为什么会买不到，我需要她的帮忙，而她也需要我的钱。”

布尔的父亲去世前设立了一个信托基金，他可以从这个基金每月领取一百五十美元——他的父亲很爱他，我知道为什么，因为布尔是一个和蔼温柔的人，虽然有点小偷小摸，他在纽约待过多年，二十年来每天偷大约三十美元来维持自己吸毒的习惯——他进过几次监狱，每次都是因为被发现随身有违禁商品——每次在监狱中他都是图书管理员，在很多方面他都是一个了不起的学者，对历史、人类学和法国象征主义诗歌，特别是马拉美兴趣浓厚——我说的不是那个写了《瘾君子》的也叫布尔的伟大作家——这是另一个布尔，老得多，几乎六十岁了，我去年夏天一直在他的房间里写诗，当时特丽丝苔莎是我的，我的，而我不想要了她——我有一种愚蠢的禁欲或独身的理念，坚决不碰任何女人——如果我碰过她的话，说不准我就挽救了她……

现在已经太晚了……

他把她带回了家，我立刻发现她不对劲——她靠在他的胳膊上，步履踉跄，虚弱地笑了一下(为此真得感谢上帝)，僵硬地伸出胳膊，我不知道该怎么做，我抓住她的臂膀，“特丽丝苔莎到底怎么了，她生病了?”

“上个月她的一条腿完全瘫痪了，她的双臂上全是囊肿，病得可真厉害啊。”

“她现在怎么了?”

“嘘……让她坐下来。”

特丽丝苔莎抓着我，慢慢地把她温柔的褐色脸颊靠近我的脸颊，带着罕有的笑容，我几乎有意识地扮演了一个糊涂的美国佬的角色。

看，我要拯救她。

但问题是，一旦我拥有了她，我该拿她怎么办？就如同你在地狱里拯救了一个天使，那么你就必须和她一起下到一个更加糟糕的地方，或许你要去的地方也有光亮，就在底下某处，或许是我疯了……

“她有点发疯了，”布尔说，“这些镇静剂会让任何人疯掉，会让你和任何人疯掉。”

事实上布尔自己两夜后过量服用了镇静剂，从而证实了这一点。

瘾君子、镇静剂上瘾者的麻烦，保佑他们的灵魂，保佑他们安静思考的灵魂，就是如何得到毒品——他们在每个方面都受到阻遏，因此他们总是持续地不开心——“如果政府每天给我足够的吗啡，我就完全开心了，我就完全愿意去医院当男护士——我甚至在一九三八年从列克星敦给政府写信，讲述我在如何解决吸毒问题上的观点，我的解决办法是每天给每个瘾君子定量的毒品，然后让他们去工作，清理下水道或其他任何东西——只要他们能够得到药品，他们就会没事儿，就像其他的病人得到了药物一样——就像酗酒者，他们也同样需要药品”。

在我所有的记忆当中，最后一夜发生的事情是最命中注定，最令人毛骨悚然，最悲惨和疯狂——最好就像布尔说的那样解决了，为什么把问题越攒越多呢？

事情都是从布尔用完了吗啡开始的。他病恹恹地，过量地服用了镇静剂(司可巴比妥)来弥补吗啡的缺乏，他的行为就像小孩一样轻率，又像老头一样衰朽，其情形似乎还不如另一晚上糟糕，当时特丽丝苔莎疯掉了，逼得布尔睡在我在屋顶上的房子里，特丽丝苔莎在他屋子里砸东西，扔东西打他，头朝下跌倒在地板上，因为她从药店买了镇静剂，但布尔拒绝给她——焦急的房东太太在门口逡巡不安，以为我们在打她，而实际上是她在打我们——一年以后、迟了整整一年以后她告诉我一些话，她真正怎么样看我的，而我当初最应该做的就是告诉她我爱她——她骂我是一个肮脏的糊涂蛋，让我滚出布尔的房间去，她试图用一个瓶子砸我，她试图抢我的烟草袋，想保存它，我必须和她争夺——布尔和我把面包刀藏在地毯底下——她就在那里坐在地板上，像一个白痴婴儿，用各种东西乱涂乱画——她指责我试图从烟草袋中吸出吗啡，但那仅仅是布尔·德汉姆烟草，用来自己手卷了抽，因为商业烟卷加了一种化学物质来使它硬挺，会给我可能犯有静脉炎的血管造成破坏……

所以布尔害怕她在夜里会杀了他，我们没法把她弄出房间，以前(一周以前)他曾经叫过警察和救护车，甚至他们都无法把她从房间里弄出来，墨西哥——所以他跑到我房间里刚刚换了干净床单的新床上，却忘了他已经服了两颗镇静剂，接着又服了两颗，因此变得什么都看不见了，找不到他的香烟，四处摸索，把所有的东西都打翻了，在床上撒尿，打翻我端给他的咖啡，我只能在石头地板上和臭虫与蟑螂睡在一起，我整夜都在生气地骂他："看看你对我的干净的床做了什么?"

"我没办法——我必须找到点吗啡——这是一个吗啡胶囊吗?"他拿起一根火柴，以为就是吗啡胶囊。"拿你的勺子来"——他要把它煮了，然后注射进身体——天啦——早晨天灰蒙蒙的时候，他终于起来离开了，下楼回到他的房间里去，跌跌撞撞，带着他所有的东西，包括他从来不看的《新闻周刊》——我把他尿在易拉罐里的尿倒在厕所，他的尿完全是蓝色的，就像约书亚·雷诺兹画上的蓝色先生一样，我想："我的天啦，他要死了!"但结果却发现那只是几罐蓝色的洗液——这时候，特丽丝苔莎在睡觉，感觉好多了，无论如何，他们步履艰难地四处走动，终于注射了吗啡，第二天她回来敲打布尔的窗户，脸色惨白，异常漂亮，不再是一个阿兹特克女巫，她非常谦和地道歉……

"一周后她会又跑过来索要镇静剂，"布尔说，"但是我不会再给她了"——他说着自己吞了一颗镇静剂。

"你为什么要吃这个!"我吼道。

"因为我知道怎么服用，我当瘾君子已经四十年了。"

然后那个致命的夜晚来临了……

我终于和特丽丝苔莎同坐一辆出租车，车在大街上行驶的时候我告诉她我爱她——"Yo te amo"① ——她没有回答——事后她对布尔撒谎说，我对她说："你既然和那么多男人睡过觉，为什么不能和我睡觉呢？"——我从未说过这样的话，只说过"Yo te amo"——因为我真的爱她——但到底怎么处理和她的关系呢——她在服用镇静剂之前从来都不撒谎——事实上她经常去教堂祈祷。

我放下了特丽丝苔莎，在一个下午和生病了的布尔打车到贫民窟去找埃尔·印第奥（在业内被称为黑杂种），他总是有点货——我一直有种隐秘的直觉，埃尔·印第奥也喜欢特丽丝苔莎——他有几个漂亮的已经长大成人的女儿，他躺在床上，前面挂着薄薄的帘子，房门敞开，直接面对外部世界，他正处于吗啡的兴奋状态中，他年老的妻子神色焦虑地坐在一把椅子里，圣像被烧，吵架频仍，呻吟不断，典型的墨西哥天空下不断发生的事物——我们去了他的蜗居，他的老妻告诉我们她是他的妻子（我们当时并不知道），告诉我们他不在家，所以我们坐在石头台阶上等他，面前是一个脏乱的院子，四处是尖叫的孩子、醉醺醺的酒徒、洗衣服的妇女和香蕉皮，你可以想象到的——布尔太难受

① 西班牙文，我爱你。

了，他必须回家——他很高，弯腰驼背，行尸走肉一般地离开了，把刚刚喝醉了酒的我一个人留在那儿，我坐在石头上在我的小笔记本上给小孩子们画肖像。

然后走出来一个住在这里的男子，身材魁伟，态度和蔼，端着一大玻璃水杯龙舌兰酒，拿来两只玻璃酒杯，他坚持要我和他一起喝酒，我立刻同意了，碰，然后一饮而尽，仙人掌的汁液从我们的嘴唇上滴下来，我们打成了平手——妇女们在笑——那儿有一个大厨房——他拿来了更多的龙舌兰酒——我一边喝酒，一边画着小孩——我提出付酒钱，但他们不要——院子里面渐渐地变黑了……

我已经一路喝了五杯酒了，今天是我喝酒的日子之一，因为今天我感到无聊、沮丧、失落——而且连续三天我一直在用铅笔、粉笔和水粉(我第一次正儿八经地尝试用水粉)画画，我已经精疲力竭了——我给一个个头矮小、蓄着胡须的墨西哥艺术家画了一幅肖像，他住在屋顶的阁楼里，他从我的大笔记本上撕下肖像，想要保存——我们在早上喝着龙舌兰酒，给彼此画像——他给我画了一张游客的肖像，把我画得很年轻、很英俊、也很美国，我不知道他为什么要这样画(难道是为了让我买它?)——而我给他画的肖像则完全是一幅世界末日的恐怖景象，黝黑的胡子拉碴的脸孔，身体瘦小，扭曲着坐在沙发边上，啊，上天和后世会评价这幅画的，不管它是什么样——所以我画了一个不愿意站直身子的小男孩，然后我开始画圣母马利亚……

出现了更多的人，他们邀请我到一间大房子里去，里面有一张白色的大桌子，上面摆满了龙舌兰酒杯，地上摆放着几坛打开的龙舌兰酒——所有的人惊喜不已——我想："我在这儿会很愉快，而且同时我还在埃尔·印第奥的家门口，他一回来我就可以帮布尔抓住他——然后特丽丝苔莎也会来——"

都是一群酒鬼，我们大杯喝着仙人掌汁液，有一个年老的歌手弹着吉他演奏，领着学徒小男孩，他的嘴唇厚实而敏感，高大肥胖的女主人伴着唱歌，她就像小说家拉伯雷和画家伦勃朗作品中描绘的中世纪人物一般——房间里共有十五个人，领袖好像就是桌子一端的潘乔·比利亚，砖红色的脸庞呈正圆形，显得兴高采烈，但带着墨西哥人特有的严肃表情，长着一双疯狂的眼睛(我认为是这样)，穿着一件粗犷的红色格子衬衫，好像任何时候都开开心心——但是他旁边坐着几个脸色略显阴沉的不知来自何方的中尉，我死死地盯着这些中尉的眼睛，和他们干杯，甚至问他们："Que es la vida?"(什么是生活?)——(以证明我很有哲学深度，很聪明)——这时一个身穿蓝色西服头戴蓝色帽子的男子走向我，态度极其友好，喊我一起去厕所，一边撒尿，一边进行一场摇来晃去的聊天——他锁上了门——在这厕所的地界里，他显得身形矮胖、面容憔悴，眼窝深陷——"眼窝"对厕所来说简直是一个异常干净的词语——但却长着一双邪恶而有趣的眼睛，他是一个催眠师，我不由自主地盯着他看，不由自主地喜欢他——我太喜欢他了，甚至他掏出我的钱包，数着我的钱时，我都在大笑，我稍微动了动，想把钱包拿回来，他紧紧抓住继续数钱——其他人想要进入厕所——“这是在墨西哥!”他说，“只要我们喜欢，我们就可以待在这儿。”——当他把钱包还给我时我看见钱依然在钱包里，但我可以凭《圣经》凭上帝凭佛祖凭一切人们认为神圣的东西发誓，事实上钱包里根本就没有钱了(钱包，仅仅是装旅行支票的皮夹子)——他给我留了一些钱，因为稍后我给一个肥胖的家伙二十比索，让他出去给所有的人买些吗啡——他也不停地带我到厕所去进行热烈的闲聊，不知怎么搞的，我的墨镜不见了。

最后蓝帽子当着所有人的面从我的(布尔的)上衣口袋里赤裸裸地拿出我的笔记本，就像开玩笑一样，拿走了铅笔和所有的东西，然后装进他自己的口袋，同时盯着我，邪恶而有趣——我真的不由自主地在笑，但我的确说道：“好了，好了，把我的诗歌给我，”我把手伸进他的口袋，他一拧身走开了，我又伸出手，他又躲开了——我转向那里看起来最有身份的人，实际上是唯一坐在我身边的人，“你能不能负责把我的诗歌拿回来”。

他说他会的，其实根本没有听懂我在说什么，但我在酩酊大醉下真的认为他会的——同时在一种盲目的狂喜状态下我往地上扔了五十比索来证明某件事情——后来我在地板上扔了两个比索，说“这是给音乐的”——他们把钱给了两个音乐家，但是我在深思熟虑之后觉得如果再在地板上寻找自己的五十比索完全有伤面子，因此不屑于去找，实际上你能够看出来这完全是想被人抢劫的愿望在作祟，是一种奇怪的寻开心和酒精作用的结果，“我不在乎钱，我是世间的君王，我将亲自领导你们小小的革命”——为了着手领导革命，我开始同潘乔·比利亚和周围的哥们交朋友，频繁地碰杯，搂着彼此的肩膀，不停地喝着龙舌兰酒，不停地唱歌——到了这个分上，我已经蠢到不可能去检查我的钱包，但我的每分钱都不在了——我非常自豪地表明我是多么喜欢这里的音乐，我甚至在桌上擂鼓——最后我同肥胖的家伙一起出去上厕所，当我们出来的时候看见一个陌生的女人走上台阶，神神秘秘，脸色惨白，步履缓慢，既不年轻也不衰老，我不由自主地盯着她看，甚至就在我认出是特丽丝苔莎之后，我还是不由自主地盯着看，不由自主地想这个陌生的女人到底是谁，她好像是来拯救我的，但实际上她只是来找埃尔·印第奥打一针吗啡(埃尔·印第奥，顺便提一句，在这个时候已经不须别人催促，去了两英里外的布尔家了)——我离开这帮开心的强盗，跟着我的爱人离开了。

她穿着一条很脏的长裙，戴着一条围巾，她脸色惨白，眼睛周围有黑眼圈，消瘦、高贵、轻微有点鹰钩的鼻子，丰满的双唇，忧伤的眼睛——当她用西班牙语同其他人说话的时候，声音如同音乐，如怨如诉……

啊神父——忧伤的伤残的蓝色的圣母马利亚，是特丽丝苔莎，让我不停地说我爱她完全是个谎言——她恨我，而我也恨她，一点都不含糊——我恨她是因为她恨我，没有别的原因——她为什么恨我，我就不知道了，我猜测是因为我去年太虔诚了——她不停地朝我吼“我不在乎”，然后敲打我的头顶，走出去，坐在大街的路边，胡言乱语、摇摇晃晃——没有人敢接近这个把头垂在膝盖之间的女人——今晚虽然我能看出来她是正常的，安静、苍白、直直地走路，走上小偷的石头台阶。

埃尔·印第奥不在，我们又走下台阶——我已经来过两次，看看埃尔·印第奥有没有回来，他不在，他褐色皮肤的女儿长着漂亮而忧伤的褐色眼睛，当我问她的时候，她眼睛盯着夜空回答，“不，不，”这就是她所有的回答，她的眼睛盯着天空垃圾中某个固定的点，所以我只能盯着她的眼睛，我从未见过如此这般的女孩——她的眼睛似乎在说：“我爱我的父亲，虽然他在服用毒品，但请你不要再来了，不要骚扰他……”

特丽丝苔莎和我走下台阶，来到垃圾成堆滑腻不堪的街上，街上乏味的褐色的可乐摊亮着灯光，远处雷东达斯的圣母马利亚教堂的霓虹灯发出昏暗的蓝色和玫红色光(这些霓虹灯就像粉笔画成的一样)，我们在教堂附近找到可怜的脏兮兮乱糟糟的克鲁丝，然后动身往某个地方走去。

我搂着特丽丝苔莎的腰，和她沮丧地走在一起——今晚她不恨我——克鲁丝一直喜欢我，今晚也不例外——过去的几年她因为酒醉后的行径给可怜的老布尔造成无穷的麻烦——啊，有人喝了龙舌兰酒，蹲在马路上呕吐，天使肮脏的翅膀上覆盖着一层来自天堂的灰白色尘土——地狱里的天使，我们的翅膀在黑夜里显得硕大无比，我们三人出发了，从永恒的金色天堂，传来上帝对我们的祝福，他脸上的表情我只能将其描述为无限的怜悯(同情)，也就是说，无限地理解我们的苦难，只要看到这张脸就能让你放声痛哭——我看到了这张脸，在想象之中，它将最终删除一切——没有眼泪，只有嘴唇，啊，我可以指给你看！——没有任何女人能够那样悲伤，上帝像一个男子——我完全不知道我们是如何沿着街道走进一条很小很窄的黑色街道，那里有两个妇女坐在冒着热气的大锅旁边，里面煮着不知道什么东西，还有一些冒着热气的杯子，我们在旁边的木板箱子上坐下，我的头靠着特丽丝苔莎的肩膀，克鲁丝坐在我的脚边，她们给我一杯热潘趣酒——我朝钱包里看了看，发现里面没有钱，我告诉特丽丝苔莎，她付了酒钱，说着话，张罗着一切，或许她甚至是那帮小偷的头头——

喝了几杯酒，好像于事无补，时间已经很晚了，甚至都快天亮了，高原上的冷气直接钻进我窄小的无袖衫、宽松的运动外套和丝光黄斜纹裤子里，我开始颤抖，难以克制——什么都不顶用，酒喝了一杯又一杯，但什么都无济于事。

两个年轻的墨西哥男子被特丽丝苔莎吸引，走过来，整夜站在那儿，喝着酒，聊着天，两个人都蓄着胡须，其中一个身材非常矮小，一张圆圆的娃娃脸上是梨子形状的双颊——另外一个个头高一些，夹克里面夹着几张报纸，来抵御寒风——克鲁丝穿着外套，直接躺在马路上，就这样睡着了，头就搁在石头地面上——警察在巷子尽头抓了一个人，我们在烛光和气锅旁边，漠然地注视着——突然特丽丝苔莎轻轻地亲了一下我的嘴唇，特别轻，是世界上一触即止的那种轻吻——是，我带着惊异接受了这一些——我下定决心要和她待在一起，睡在她睡的地方，即使她睡在一个垃圾箱里，即使她睡在一个老鼠横行的石窖里，我也会跟她睡在一起——但我不停地在发抖，裹上多少东西都不顶用，差不多一年以来，我几乎每个晚上都在睡袋里度过，因此，我对地球早晨的习惯性的冷风已经很不适应了——我本来和特丽丝苔莎坐在一个木条箱上，突然，我从上面翻了下来，掉在人行道上，我就没起来，一直在那里躺着——要是换个时间的话，我会站起来同这两个年轻人长篇大论，探讨一些神秘的事物——他们到底想要说什么，到底想要做什么？克鲁丝在大街上睡着了……

她的头发垂了下来，黑黑的，铺在马路上，行人从她的身边走过去。结果就是这样。

天蒙蒙亮了。

上班的人们开始陆续从身边走过，很快蒙蒙的亮光开始揭示出墨西哥令人难以置信的颜色，妇女的头巾是浅蓝色或深紫色，人们的嘴唇在凌晨蓝色的光线中呈现出轻微的粉红色。

“我们在等什么？我们要去哪儿？”我不停地问……

“我要去打一针吗啡，”她说——我又要了一杯热潘趣酒，一路颤抖着喝下去——守摊的两位女士，有一位睡着了，另一位拎着长勺，开始耷拉着脸，因为很显然，我喝的酒已经超过了特丽丝苔莎付过的钱，或两个年轻人付的钱，或者其他什么人付的钱。

更多的人和车经过……

"走吧，"特丽丝苔莎站起来说，我们叫醒了衣衫褴褛的克鲁丝，我们颤抖着，站了一小会儿，然后走向了大街……

现在你可以一直看到大街的尽头，天已经不再是灰蒙蒙的了，到处是灰蓝色的教堂，灰色的人群和粉红色的披肩——我们一直往前走，来到碎石子铺成的广场，穿过广场，来到一个土坯小屋前。

这本身是一个城市中的小村落。

我们碰到一个女人，走进了一间房间，我以为我们终于可以在这儿睡觉了，但是仅有的两张床上，都躺满了人，有的在沉睡，有的在醒来，我们就站在那儿说话，然后离开，沿着巷子往前走，路过的一些人家都陆陆续续地起来了……

看到两个衣衫褴褛的女人和一个衣服破烂的男子，跌跌撞撞、极其缓慢地行走在黎明时分，所有的人都显得非常好奇——太阳升起来了，橘红色的光芒洒落在到处都可以看见的红砖墙和灰泥上，这就是我印第安梦想中的微缩版的北美，但是我当时的状态已经让我无法认识任何事物，也无法理解任何东西，我想要做的就是去睡觉，和特丽丝苔莎一起——她穿着单薄的粉红色裙子，身材瘦弱，几乎没什么胸，她的小腿非常纤细，而大腿非常漂亮，但是我只是想去睡觉，但是我想抱着她睡，盖着一床巨大的深褐色的墨西哥毯子，这样我才能够停止颤抖，让克鲁丝睡在我另一边，贴着她的女伴，我只想结束这样大街上疯子一般的流浪……

在村庄尽头的最后一间房子里，连肥皂都没有，在这个房子之外是垃圾场，远处可见教堂的尖顶和朦胧的城市，我们走进了这间房子。

好棒啊！我看到一张巨大的床，让我开心地跳了起来——"我们可以在这里睡觉咯！"

但是在床上躺着一个高大肥胖的女人，头发乌黑，旁边躺着一个家伙，头上戴着一顶滑雪帽，两个人都醒着，这时候，一个金发碧眼的女孩走了进来，看起来特别像纽约格林尼治村的垮掉的一代的艺术家，然后我看见另外十个，或者八个人，躲在房间的角落里，拿着勺子和火柴，在忙活着——他们中有一个是典型的瘾君子，面容憔悴，神色温柔，表情粗鲁，显得非常痛苦，灰白的皮肤呈现出病恹恹、油腻腻的样子，他的眼睛显得很警觉，嘴巴也显得很警觉，帽子、外套、手表、勺子、海洛因，他忙活着给自己快速注射毒品——每个人都在注射毒品——一个男子把特丽丝苔莎叫过去，让她卷起衣服袖子——克鲁丝也是这样——滑雪帽从床上跳下来，也在做同样的事情——格林尼治村的女孩不知什么时候已经钻到了床上，她高挑的性感的身体从被单床脚的一头钻了进去，然后开开心心地躺在那儿，枕着枕头，看着大家——人们开始陆陆续续地走进来又走出去——我也想要注射一针毒品，我对一个小伙子说“Poquito gote”，我以为我的意思是尝试一点点，但我说出的话的实际意思是“撒泡小尿”——的确是撒了一泡尿，我什么都没得到，我的钱都不见了……

这一切都显得很狂乱、很有趣、又很有人性，我看着他们，切切实实感到很震惊，虽然像我这样神志不清，我也能够看得出来，这肯定是拉丁美洲最大的毒品窟——好有趣的一群人啊——特丽丝苔莎一分钟说的话，连起来足有一英里长——那个戴帽子、表情粗鲁而温柔的家伙，蓄着小小的褐色胡须，淡蓝色眼睛，高高的颧骨，虽然是一个墨西哥人，但同纽约的任何一个瘾君子看起来没什么两样——他也不想给我一针毒品——我只是坐在那儿看着——我的脚边放着半瓶啤酒，这是特丽丝苔莎在半路上买给我的，我一直揣在衣服里，现在我当着所有这些瘾君子的面，慢慢地喝着啤酒，就这样，彻底丧失了注射毒品的机会——我密切关注着床上的动静，希望肥女人能够起来离开，那个艺术家女孩就躺在肥女人的脚边，但是只有男人们匆匆忙忙地穿上衣服走出去了，最后我们也离开了。

“我们去哪儿?”

我们走出这个房子，穿过马具商店周围的地盘，在这里你能看到伙计们如同利剑般的眼神，我们穿过了清晨出现在大街上的体面的墨西哥中产阶级人群，好像在接受夹道鞭刑，但是没有人阻止我们，也没有警察，我们跌跌撞撞地走出去，沿着狭窄的、尘土飞扬的街道，来到另外一家门前，走进一个狭小的古老院落，一个老头正在用笤帚扫院，在院子里你可以听到各种各样的声音。

他在用眼睛求我一些事情，比如，“不要惹事”，我用表情向他说：“我会惹事儿?”但是他依然这样坚持，所以我逡巡不进，但特丽丝苔莎和克鲁丝非常自信地把我拽进门去，我回过头来看了一眼老头，他用表情在说同意，但依然在用眼睛请求着什么——老天哪，他肯定全知道!

这个地方是一个非法的凌晨吸毒吧，克鲁丝走进黑暗、吵闹的屋子里去，出来时端着一大玻璃杯度数很低的茴香酒，我尝了一口——我其实不是特别想喝——我只是靠着砖墙站着，看着黄色的灯光——克鲁丝现在看起来完全疯掉了，鼻梁很高，野兽般的鼻孔里面长满了毛，就像墨西哥画家奥罗兹科画作中高声叫喊的革命妇女，但不管怎么样，她尽量使自己显得温柔美丽——实际上，她也确实是一个娇小、美丽的女人，我指的是她的心灵很美丽，整个晚上她都对我很好，她喜欢我——事实上，她有一次喝醉酒以后吼叫：“特丽丝苔莎，你嫉妒了，因为杰克想娶我!”——但是她知道我喜欢不值得人喜欢的特丽丝苔莎——因此她就像姐姐一样对待我，我喜欢这样——一些人心灵在震颤，这种震颤直接来自于太阳震颤的灵魂，丝毫不知疲倦……

但当我们站在那里时，特丽丝苔莎突然说：“杰克(我)整个晚上……”然后她开始模仿我整个晚上在大街上的颤抖，一开始我在大笑，金色的阳光照在身上暖洋洋的，但我看见她痉挛而激烈地模仿我的颤抖的时候，我开始害怕了，克鲁丝也注意到不对劲，说：“别这样，特丽丝苔莎！”但她还在继续，她的眼睛狂乱而惨白，瘦弱的身子在外套下抖动，她的双腿开始打颤——我大笑着伸出手“哈哈，别这样”——她颤抖和痉挛得更加厉害了，突然(当时我正在想“她这样认真地取笑我，又怎么可能爱我呢”)她开始往下倒，这样的模仿就有点过头了，我试图抓住她，她的身子朝地上弯下去，就吊在那儿有一分钟(与布尔曾经给我描述过的服用海洛因的人的情形非常相像：二十年代在纽约第五大街的瘾君子们弯腰垂头，一直把头抵到鞋面，直到他们的头完全挂在脖颈上，他们已经没有什么地方好去了，要么支起身子，要么头朝下倒在地上)，让我非常痛苦的是，特丽丝苔莎一头栽倒，头颅重重地磕在坚硬的石头地面上，完全瘫倒了。

“啊，不，特丽丝苔莎！”我高喊一声，紧紧地把她抱在怀里，转过她的身子，我靠着墙蹲下，把她放在我的腿上——她呼吸很沉重，突然我看见她的外套上全是血……

“她要死了，”我想，“现在她突然决定要死了……这个疯狂的早晨，这个疯狂的时刻”——旁边拿笤帚的老头依然用乞求的眼神看着我，男人和女人陆续进来找茴香酒，他们从我们身边走过(小心谨慎地表现出漠不关心的样子，只是缓慢地很罕见地朝地上瞥一眼)——我的头靠着她的头，我的脸颊贴着她的脸颊，紧紧地拥着她，说“Non non non non”，我的意思是“不要死”——克鲁丝坐在地上的另外一边，在哭泣——我搂着她细小的肋骨，紧紧抱着特丽丝苔莎，开始祈祷——鲜血从她的鼻子和口腔持续往外冒……

没有人会来把我们挪出那个门口——对此我可以发誓……

我发现我在那里是为了拒绝让她去死……

我们找到一些水，我用我的很大的红色手帕蘸水给她擦脸——她痉挛颤抖了一会之后，突然变得非常安静，睁开了眼睛，甚至朝上看了看——她不会死——我能感觉到，她不会死，不会在现在，不会在我的怀里死去，但是我也感觉到“她肯定知道我曾经拒绝过她，现在希望我能够给她展示一些更好的东西——比死亡的狂喜更好的东西”——啊美好的永恒，虽然我知道死亡是最美好的事物，但“不，我爱你，不要死，不要留下我……我非常爱你”——“难道我爱你，这还不足以让你努力活下去?”——啊，我们人类悲惨的命运，我们每个人都会突然在某个恐怖的时刻死去，让那些爱我们的人都很震惊，从而给世界增加一具腐肉——让世界产生裂痕——在所有这些黄色的城市和沙漠中的海洛因吸食者都不在乎——而他们也会死去。

特丽丝苔莎想站起来，我托着她破碎的腋窝扶她起来，她斜靠着，我们整理了一下她的外套，可怜的外套，我们擦掉了上面的一点血迹——出发了——在黄色的墨西哥早晨出发了，还没有死去——我让她自己走路，在我们前面，领着路，她穿过一些脏得无以复加的街道，满街都是死狗，经过衣衫褴褛的小孩和老人，他们都直瞪瞪地看着我们，我们到达乱石地，跌跌撞撞地穿过去——很缓慢地——我能够在她的沉默中感受到这一点，“这，就是你要给我的，而不是死亡？”——我也很想知道如果不给她死亡，能够给她什么——没有什么比死亡更好的东西——我唯一能够做的就是跌跌撞撞地跟在她的身后，有时我会暂时地走在前面领路，但我不是那种能够领路的人——但我知道她要死了，要么死于癫痫病，要么死于心脏病，死于休克，或死于服用镇静剂后的痉挛，正因为她要死了，房东太太不会来阻止我把她带到我楼顶的房间里去，让她盖着我打开的睡袋睡上一觉，休息休息，这样克鲁丝和我也可以一起休息一下——我把我的想法告诉她，我们叫了一辆出租车，前往布尔家——我们在那儿下了车，她们坐在车里等着，我去敲打布尔的窗户，向布尔要点钱付出租车费。

“你不能把克鲁丝带到这儿来！”他叫道，“她们两个都不能来！”他把钱给我，我付了出租车费，女孩们下了车，布尔从门口出来了，脸庞很大，睡眼惺忪，说：“不，不——厨房里到处是女人，她们不会让你们通过的！”

“但是她要死了！我必须要照顾她！”

我转过头，看见她们两个的衣服，她们上衣的后背，具有墨西哥女性的高雅的特征，散发出强烈的尊严感，带着一条条尘土、满大街的灰泥和所有脏东西，两位女士沿着人行道缓慢地向前走着，墨西哥女性的这种走路方式，就如同法裔加拿大女性早晨前往教堂的走路方式——她们的衣服状态给厨房里的妇女、给布尔焦虑的神色和我造成的影响，其中包含了一种亘古未变的东西——我追着她们身后跑去——特丽丝苔莎严肃地看着我，“我要去埃尔·印第奥那儿打一针吗啡，”她说话的方式和平时说这句话的方式一模一样，好像(我猜测，我是个骗子，要小心!)她是认真的，真的想去打一针毒品。

我曾经给她说过“我今晚要在你睡觉的地方睡觉”，但今晚我很难进入印第奥的房子，甚至特丽丝苔莎本人也很难进去，他老婆很讨厌她——她们步态庄严地走着，我神情庄严地犹豫着，带着庄严的胆怯，害怕厨房里那些阻止特丽丝苔莎进入房间的女人(害怕她在服用镇静剂的迷狂中打碎一切)，不管怎样就是不让她穿过厨房(厨房是通向我房间的唯一通道)，因此就没办法登上颤抖摇晃的狭窄螺旋式钢铁台阶进入象牙塔。

“她们不会让你们通过的!”布尔从门口吼道，“让她们离开!”

有一个房东太太站在人行道上，我羞愧难当，酩酊大醉，根本不敢看她的眼睛。

“但是我要告诉她们她要死了!”

“到这儿来！到这儿来!”布尔喊道。我转过身，发现她们已经在拐角处上了公交，她走了……

要么她死在我的怀里，要么听到她的死讯……

是什么样的裹尸布，让黑暗和天堂混在一起降临了，给布尔、埃尔·印第奥和我的心灵上覆盖一层悲伤的披风，我们三个都很爱她，都在内心深处哭泣，都知道她会死去——三个男子，来自三个不同的国度，在布满黑色披肩的黄色早晨，到底是什么天使般的恶魔般的力量设计了这一切？——到底要发生什么？

晚上个头矮小的墨西哥警察吹响了哨子，表明一切都好，但一切都不好，一切都是悲剧——我不知道该说什么。

我只是等着再次看到她……

就在去年，她还站在我的房间里说："一个朋友比比索好得多，一个朋友可以在床上把它给你。"不管怎样当时她依然相信我们两具备受摧残的躯体最终能够走到一起，并能够去除某些痛苦——现在太晚了，太晚了……

晚上我躺在我的房间里，房门敞开着，我等着看她走进来，就好像她能够穿越那些女人的厨房——去墨西哥小偷市场去找她，估计是我唯一的选择了。

骗子！骗子！我是一个骗子！

假设我现在去找她，她肯定想要砸扁我的头，但我知道这不是她的错，而是她服用的镇静剂在作祟——但我要把她带到哪里去呢？怎么样才能解决和她一起睡觉的问题呢？我曾经得到过来自惨白的玫瑰色嘴唇最轻柔的亲吻，就在大街上，又是一件事情，我要走了。

我的诗歌被偷了，我的钱被偷了，我的特丽丝苔莎要死了，墨西哥的公交车想要碾死我，天空充满了灰尘，唉，我从未想过事情会如此糟糕——

她恨我——为什么她恨我？

因为我很聪明。

“这件事就和你坐在这儿一样肯定，”布尔从早上起就不停地这样说，“特丽丝苔莎会在十三号回来敲打那扇窗户，为她的朋友要点钱。”

他希望她能回来……

埃尔·印第奥过来了，头戴黑色帽子，神色沮丧，显得很有男子气概，具有玛雅人的坚毅表情，有点心不在焉，“特丽丝苔莎在哪里？”我问，他伸出手，说：“我不知道。”

她的血迹还在我的裤子上，就像我的良心一样。

但她回来得比我们预想的要早，在九号就回来了——当时我们正坐在那儿聊她——她敲了敲窗户，然后从窗户上的一个破洞里(埃尔·印第奥在一个月以前因为没有毒品而一时狂怒，用拳头打穿了一个洞)伸进一只疯狂的褐色的手掌，布尔用其瘾君子的睿智在房顶上悬挂了漂亮的玫瑰色帘子，一直垂到窗台，她抓住帘子，浑身颤抖，把窗帘分开，把窗帘拨到一边，朝里观看，似乎要检查我们是不是背着她偷偷注射吗啡——她看见的第一个东西是我灿烂的笑脸——这张脸肯定让她恶心到了家——“波尔——波尔——”

波尔快速地穿上衣服跑了出去，同她在马路对面的酒吧里说话，人们不许她进入房间。

“唉，让她进来吧。”

“我不能。”

我们两个人都出去了，我先出去，他在后面锁门，然后在夜晚昏暗灯光下的人行道上见到我的“伟大的爱人”，而我所能做的仅仅是支吾半天，等待说话的时机——“你怎样?”我说。

“很好。”

她脸的左边是一个很脏的大绷带，上边有黑色的凝结的血迹，她把绷带隐藏在头巾下面，让头巾垂在那儿。

“这个伤是什么时候落下的，和我一起的时候吗?”

“不是，是在我离开你以后，我摔倒了三次”——她竖起了三根手指——她原来又痉挛了三次——棉絮一直垂落下来，有几条长长的带子几乎掉在她的下巴上——如果她不是圣洁的特丽丝苔莎，那么她看起来肯定就糟透了。

布尔出来了，我们慢慢地穿过马路，朝街道对面的酒吧走去，我跑到她的另一边来向她展示我的绅士风度，啊，我是怎样一副姐姐的样子——就像在香港，贫困潦倒的舢板上生活的女孩和母亲，她们穿着中式松松垮垮的衣服，在河里靠威尼斯撬杆驱动舢板，碗里空空无米，甚至她们，事实上特别是她们有她们的尊严，也会拒绝像我这样的一个姐姐，啊，她们漂亮的小奶子，包裹在闪闪发光的丝绸之中，啊——她们忧伤的面孔，高高的颧骨，褐色的皮肤，眼睛，她们在夜晚看着我，她们在晚上盯着所有嫖客看，这是她们仅剩的可以求助的对象——啊，我希望我能够写出来！——只有一首漂亮的诗歌才能尽述此意！

当我们把特丽丝苔莎领到安静而充满敌意的酒吧的时候，她是多么虚弱、凄惨而且来日无多，老板娘坐在屋子后面数着比索，对我们进来置若罔闻，个头矮小蓄着胡须满脸焦虑的服务员偷偷摸摸地冲过来招待我们，我给特丽丝苔莎拉了一把椅子，这样她就可以遮住她受伤的脸孔，不让老板娘看见，但她拒绝了，依旧像以前那样坐着——部队军官和墨西哥商人们经常来这里喝酒，在下午端着大酒杯给胡须沾满泡沫，我们这样的三个人出现在这里，是多么怪异的组合！布尔高大、驼背，样子有点吓人(墨西哥人是怎样看他的呢?)，戴着文气的眼镜，走起路来缓慢、摇晃但步履坚定；我穿着鼓鼓囊囊的裤子，一看就是一个外国变态佬，头发梳得整整齐齐，牛仔裤上有血迹和油漆；而她，特丽丝苔莎，裹着一条紫色的头巾，瘦骨嶙峋，贫困潦倒，就像街上兜售彩票的小贩一样，就像墨西哥的末日——我点了一杯啤酒，让大家都好看一点，布尔则勉强点了一杯咖啡，服务生显得很不安……

啊，我头好痛，但她就坐在我的身边，我被她迷住了——她偶尔回过头来用她紫色的眼睛看着我——她很难受，想要一针毒品，布尔没有毒品——但她要去黑市上搞到三克东西——我给她看我画的一些图片，有布尔穿着紫色的天国鸦片睡衣坐在椅子上的画面，有我自己的和我第一个妻子的画面（“Mi primera esposa,[1]”她对我的画不置可否，她的眼睛快速地扫了一遍所有的图片）——最后当我给她看我的图画《深夜烛光》时，她看都不看一眼——他们正在讨论毒品的事情——所有这些时候我都想把她抱在怀里，紧紧地挤压她，挤压那个瘦小虚弱、无法得到、不在现场的、她的身体。

头巾掉下来一点，她的绷带暴露在酒吧里——非常凄惨——我不知道该做什么——我开始很气愤……

最后她在讲她朋友的丈夫如何叫来警察(他自己是一个警察)把她赶出房子，“他叫来警察，是因为我没有把我的身体给他。”她恶狠狠地说。

哦，那么她认为她的身体是某种难得之货，不能轻易放弃，让她见鬼去吧——我在心里寻思着——我看着她没有丝毫感情的眼睛。

这时候布尔在向她讲述镇静剂的危险，我提醒她她的前男友(一个已经死掉的瘾君子)曾经告诉我千万不要碰镇静剂——突然我开始端详起墙壁，那里张贴着一些挂历图片，上面是漂亮妞儿(埃尔·达姆雷特在他旧金山的家里就有这样的挂历，每月一张，过去我们曾一边喝着葡萄酒，一边欣赏画上的美女)，我让特丽丝苔莎看这些图片，她别过脸去，服务生注意到了这个，我感觉

---

① 西班牙文，我的第一个妻子。

自己是个畜生。

一年前所有的香肠和炸薯条，更加重要的是，你的孩子们，你把他们都怎么了？你的脸上充满了忧伤和同情，一点也不漂亮，当然这一点我不会道破的，你从你的思维里偷出来一些孩子，而你是怎样对待你的这些偷来的孩子的呢？你思考事情仅仅是因为你闲得无聊，或许你本身就是思想——你不应该这样做的，上帝，伟大的启蒙者，你不应该在你的思维中拿你的孩子玩这种受难死亡的游戏，你不应该独自在云彩上蒙头大睡，吹着口哨，翩翩起舞，把你创造的星星呼来喝去，上帝啊，你不应该在思想中制造出像我们这样的虚弱瘦小的受罪的卡通人物，拿我们开各种玩笑——可怜的布尔在哭泣——孩子们在生病的时候都会哭，我也会哭，但特丽丝苔莎甚至都不想让自己哭出来……

到底是什么玩意儿被绝大的力气打烂了捣碎了，形成了现在这个乱成一团的世界？

因为特丽丝苔莎需要我的帮助但不愿意接受帮助，因此我无法提供帮助——然而，假设世界上的所有人都整天以帮助别人为己任，因为他们心目中存在着一个对永恒自由的梦想和期待，那么这个世界是否会变成一个花园？一个莎士比亚笔下如同仙境一般的亚登花园，里面都是在云朵上生活的恋人和蠢人，年轻的酗酒者在云彩上做梦吹牛，到处都是神仙——然而神仙互不争斗，他们奉行神仙永不打架的原则！镇静剂女士会张开玫瑰色的双唇，整天亲吻全世界，所有的人都可以睡觉了——世界上将不会再有男人和女人，只剩下一个性别，即思维最原始的性别——但这一天已经很近了，我轻轻地打个响指的工夫，它就来到了，但它在乎的是什么呢？……它对这个最近名叫地球的小小的事物有何看法呢。

“我爱特丽丝苔莎，”不管怎样我现在有胆量留下来，并对他们两人说，“我应该告诉房东太太我爱特丽丝苔莎——我可以告诉她们她病了——她需要帮助——她今晚可以睡在我的房间里。”

布尔惊慌起来，他的嘴巴张开了——啊，这个老家伙，他爱她！——你可以想象特丽丝苔莎漫不经心地在房子里收拾东西，布尔坐着用一个剃刀分毒品，或只是坐在那里嘴里发出一长串“姆姆姆姆姆姆姆姆”的呻吟声，这其实不是呻吟声，而是他的语言和歌唱，现在我开始意识到特丽丝苔莎希望布尔是她的丈夫。

“我想让特丽丝苔莎做我的第三任妻子，”然后我说，“我不想跑到墨西哥来听老姐妹的唠叨，然后当着所有人的面，注射毒品——听着，布尔和特丽丝苔莎，如果特丽丝苔莎不在乎，那我也不在乎——”听到这句话，她转过头来，用她吃惊的不吃惊的圆圆的我不在乎的眼睛看着我——“给我一针吗啡，我就可以思考你想做的事情。”

此后不久，就在这间屋子里，他们立刻给了我一针吗啡，这时候我还在喝着麦斯卡尔酒——“要么所有，要么一无所有，”

我对布尔说，布尔把这句话重复了一遍。

“我不是婊子，”我补充道——而且我还想说，“特丽丝苔莎不是婊子。”但我没有再提起这个话题——打了一针毒品后她完全改变了，感觉好多了，把头发梳理整齐，乌黑油量，很漂亮，洗净了血迹，在水池上用香皂洗了手脸，就像大个的吉姆·比弗在喀斯喀特山脉坐在篝火边的情形——哗啦——她用香皂彻底地搓洗着耳朵，指尖在里面转来转去，弄出咯吱咯吱的声音，哇，她在梳洗，卡通人物查利昨晚没有长胡须——她把刷洗一新的披巾罩在头上，然后转过头来，在高高的屋顶上悬挂的灯光下，一个迷人的西班牙美女出现在我们的面前，她的眉头上有一道小小的疤痕——她脸庞的颜色是真正的褐色(她说自己很黑，“就像黑人一样?”)，但是在灯光的映照下，她面孔的颜色一直在变化，有时是黑褐色，几乎是(漂亮的)蓝黑色，脸颊的轮廓光滑发亮，长而忧伤的嘴唇，鼻梁上有一个肿块，就像早晨站在诺加莱斯干燥的高山岗上的印第安妇女一样，这些妇女们往往带着各种各样的吉他——她说一口卡斯蒂利亚西班牙语，虽然如同她古老的萨卡特卡斯人身份一样，其卡斯蒂利亚语调的正宗程度似乎有待商榷。她显得干净利落，我发现她根本没有身体，她的身体完全消失在窄小单薄的裙子里，我突然意识到她从来没吃过东西，“她的身体应该是很漂亮的，”我这样想——“漂亮的小东西”——

但是布尔接着解释说：“她不需要爱——”“你把格蕾丝·凯

莉放在这张椅子上，把恶心的吗啡放在另一把椅子上，我会选择吗啡，我不会选择格蕾丝·凯莉。”

“是的，”特丽丝苔莎说，“就我来说，我不需要爱情。”

我对爱情没有发表任何评论，就像我并没有开始歌唱“爱情完全是一个无休无止的事物，在四月的街道上，触须伸出去感知一切事物”，我也没有像弗兰克·西纳特拉那样歌唱“你最适合拥抱”，或“美妙的感觉”，也没有像维克·戴蒙那样歌唱“你的手抚摸着我的眉毛，我能看见你眼中的神情”，哇，不，我不会不同意或同意这对小偷恋人，让他们结婚去吧，然后钻到——钻到被单下面——让他们驾着小舟去罗马旅游——或高卢——或去任何地方——而我是不会和特丽丝苔莎结婚的，布尔会——她一直围绕着他，无精打采地做着事情，我吸毒之后，神志不清地躺在床上，她走过来，清理床头板，她的大腿几乎贴着我的脸，我在床上观察着这两条大腿，而一旁的老布尔在眼镜上边观察着她的大腿，这种情形是多么的怪异啊——敏和比尔和玛米和艾克和马罗尼·马罗尼·艾茨和比茨和迪茨和贝西·请贴近我·玛塔吉和比，啊，天哪，他们的名字，他们的名字，我想要他们的名字，艾米和比尔，而不是阿莫斯和安迪，打开市长(我的父亲在活着的时候不喜欢市长)，打开番红花，打开橱柜里的松鼠(这是大脑中的弗洛伊德单桅帆船)(啊，稀里哗啦)(哐当)总是这个老家伙——莫莉！——天哪费波尔·麦吉和莫莉——布尔和特丽丝苔莎整夜就坐在屋子里，对着他们的剃刀和白粉呻吟不止，各自拿着一片打碎的镜子来充当盘子(像钻石般锋利的毒品割破玻璃渗入其中)——晚上安静的家庭——克拉克·盖博和蒙娜丽莎。

然而——“喂，特丽丝苔莎，我和你住在一起，布尔来付钱。”我最后说。

“我无所谓，”她说，她从坐着的凳子上转过头来看着我，“我怎么都行。”

“你能不能至少把她的一半的租金付了？”布尔问，指了指他一直记录的账本上的数据。“你是同意还是不同意。”

“你想去的话，任何时候都可以去看她，”他说。

“不，我想和她一起生活。”

“好了，你不能这样做——你没钱。”

但是特丽丝苔莎一直看着我，我一直看着她，就在布尔唠唠叨叨说个不停的时候，我们突然爱上了对方，我公开地喜欢她，她公开地兴高采烈——早先我曾经抓过她的手，这时候她说：“你还记不记得那天晚上发生的事情？”——“是的”——“在大街上，你是怎样亲的我”——我向她描述了她是怎么样亲我的。

两片嘴唇轻柔地贴近另两片嘴唇，这只是这世界上最轻柔的亲吻，只具有一点点亲吻的意思——她为此容光焕发——她不在乎……

她没有钱打车回家，公交车已经停运了，我们所有的人都没有钱(只有血库里面有钱)(查利，只有泥滩里面有钱)[1]——“是的，我走路回家。”

“三英里，两英里，”我说，我还记得在大雨中走过的漫漫长路——“你可以到那儿去，”我指了指我在屋顶的房间，“我不会骚扰你的，no te molesta[2]。”

“No te molesta，”但是我会让她骚扰我——老布尔在他眼镜和报纸上面瞥来瞥去，我和妈妈又一次把所有的事情都搞砸了，俄狄浦斯王，我会在凌晨时分抠出我的眼睛——旧金山，纽约，帕迪西，梅度，曼图亚，或任何地方，我总是那位吃奶的国王，他出生的目的就是为了在男女关系之中充当一个举足轻重的儿子，啊啊呀呀呀呀呀——(这是印第安人在夜晚伴着南美草原上优美的音乐所发出的嚎叫)——“国王，大王，我总是阻碍着妈妈和爸爸——我什么时候才能成为爸爸？”

“No te molesta，”我也不会骚扰布尔，我也不会骚扰我的爸爸，——我说：“想要和特丽丝苔莎一起生活，我也必须吸毒才行，但我就是不能吸毒。”

“只有吸毒的人才能够真正了解吸毒的人。”

我听到这个道理的时候也觉得不可思议。

---

① Bloodbank(血库)和 Mudbank(泥滩)中都包含了 bank，而 bank 有银行的意思，作者在这里使用了双关修辞手法。

② 西班牙文，我不会骚扰你的。

“而且特丽丝苔莎已经是一个资深的瘾君子，像我一样，年纪不小了，她不再是小妞啦——在吸毒行当里——吸毒的人都非常与众不同。”

然后他就会开始一个很长的故事，讲述他在赖克斯岛、列克星敦、纽约、巴拿马——墨西哥市、安纳波利斯——认识的一些跟他奇怪的过往有关系的人物，他的故事会提到鸦片梦境，其间有一些奇怪的排列成行的铁架子，女孩们就通过这些梦幻般的蓝色管道吸食鸦片，这些奇怪的事情与他本人所犯的一些无心的过失极其相似，虽然他在犯错误之前总是受到邪恶的欲望的驱使，他有一次在安纳波利斯狂欢，之后呕吐了，在冲澡的时候，他为了不让其他的军官发现，使劲用热水冲洗，结果使味道弥漫整个“布拉德利大厅”，后来有一首诗歌发表在《海军山羊》报纸上，诗歌写得很漂亮，讲述的就是这件事情——他会打开话匣子，讲述很长的故事，但她在那儿，和她在一起，他只能用婴儿般简单的西班牙语例行公事地讲一些瘾君子的话，诸如，“你这漂亮明天不去。”

“是的，我在洗脸。”

“看起来不好——他们只需要看你一眼，就知道你服用了过量的司可巴比妥。”

“是的，我要去。”

“我来刷你的外套——”布尔站起身，帮她清理东西。

他对我说：“那些艺术家和作家，他们不喜欢干活——不崇尚干活。”(好像一年以前，当时特丽丝苔莎、克鲁丝和我在房间里愉快地聊天，带着我去年特有的愉快心情，布尔拿着一个拳头大小的玛雅石像在敲敲打打地修门，他在服用了过量的镇静剂后，跑出了房间，把自己锁在房子外边，钥匙落在了屋里，而他在凌晨一点钟穿着睡衣站在外边)——哇，我居然在闲聊——(所以他朝我吼叫“来帮我修修门，我一个人没法弄”——“哦，你肯定可以，我在说话”——“你们艺术家都是一些懒骨头!”)

为了证明我不是他说的那样，我慢慢地站起身，因为注射了他们珍爱无比的白粉，头晕目眩，用锡壶里盛了一些水，想把它放在倒放的射线灯上加热，这样特丽丝苔莎在清洗伤口的时候就有热水用——但我把水壶递给布尔，因为我没法把水壶很平衡地放置在歪歪斜斜的铁架上，再说了，布尔是老练的高手、老巫师、老水巫医，他能够做这个，根本不让我去尝试——然后我回到床上，躺下来——我的所有腺体也躺了下来，因为吗啡从你身体的每个部位都将你的性欲抽取得一干二净，然后把它隐藏在别的地方，或许就在你的胆汁中——很多人只有胆汁(guts)，而没有心灵(heart)——我有红桃(heart)——而你出了黑桃(spades)——你在酒吧(club)喝酒——你狂打棒球(oranges)——我拿着红桃(heart)和球棒(bat)①——两个——三个——高高在上

① 作者在这里使用了一系列双关词语。例如，gut既是胆汁也是胆量，heart既是心灵也是红桃，spade既是黑桃也是铁锹，club既是梅花也是木棒，orange既是橘子也是棒子。

的蓝色中间轴创造出数以万亿的星尘，令人头晕目眩——螺旋桨——我从未将任何人浸入油里淹死——我没那个胆子——我的良心阻止我这样做——但是性欲啊，一旦吗啡渗入血液，释放在肉体中，慢慢扩散，发热，让你头晕，性欲就会退回到胆汁中，绝大多数吸毒者都很瘦，布尔和特丽丝苔莎都是皮包骨头。

但是骨架具有优雅感，稍微让贴在上面的血肉好看一点，就像特丽丝苔莎一样，让她看起来像个女人——老布尔，他虽然是一个肉骨嶙峋的小人物，但他灰白的头发梳理整齐，面孔看起来相当年轻，有时候看起来健康而英俊，而且事实上特丽丝苔莎终于在一个晚上决定做那个，而他恰好在场，于是他们就做了，很好——我也想要那个，但布尔很少谈及这件事情，二十年才能有一次。

但是不，已经够了，不想再听下去了，敏和莫莉和比尔和格里高利·佩格里·费波尔·麦高伊，哇，我会弃他们而去，走自己的路——“在巴黎给我找一个米米，一个尼克尔，一个温柔的纯洁的漂亮的如来佛皮蒂”——在南美的意大利老人，满手泥巴，身材瘦弱，想回到帕拉布里奥去，回到雷吉去，在一些铃铛作响、女孩溜达的林荫道上漫步，在赌博街道上和喝咖啡的抢劫犯一起喝开胃酒，他们朗诵的诗歌与此相似——啊，电影——一部上帝制作的电影，向我们展示他——他——把我们展示给他——他就是我们——因为怎么可能是两个，而不是一个？在礼拜日的时候把那个给我吧，圣何塞主教……

我将在圣母马利亚像前点燃蜡烛，我将为圣母画像，吃冰激凌、兴奋剂和面包——“毒品和咸猪肉”，就如布布和尚所说——我将在冬天前往西西里南部，画一些回忆法国阿尔勒的画——我将买一架钢琴，弹奏莫扎特的曲子——我将书写长篇忧伤的故事，描述我人生传奇中的人物——这就是我在这部电影里扮演的角色，让我听听你的角色是什么……

图书在版编目（CIP）数据

特丽丝苔莎/（美）凯鲁亚克（Kerouac，J.）著；
陈广兴译．—上海：上海译文出版社，2014.4
书名原文：Tristessa
ISBN 978-7-5327-6437-2

Ⅰ．①特…　Ⅱ．①凯…②陈…　Ⅲ．①自传体小说—
美国—现代　Ⅳ．①I712.45

中国版本图书馆 CIP 数据核字（2013）第 266344 号

Jack Kerouac
Tristessa

图字：09-2007-515 号

特丽丝苔莎 Tristessa	Jack Kerouac 杰克·凯鲁亚克　著 陈广兴　译	出版统筹　赵武平 责任编辑　陈　姝 装帧设计　人马艺术设计·储　平

上海世纪出版股份有限公司
译文出版社出版
网址：www.yiwen.com.cn
上海世纪出版股份有限公司发行中心发行
200001　上海市福建中路 193 号　www.ewen.cc
上海交大印务有限公司印刷

开本 890×1240　1/32　印张 3　插页 2　字数 48,000
2014 年 4 月第 1 版　2014 年 4 月第 1 次印刷

ISBN 978-7-5327-6437-2/I·3849
定价：25.00 元